U0648560

白夜照相馆

王苏辛 著

A photo studio
under the midnight sun

White
night
studio

他们不会知道，门前的很多石狮子是人变的。

A photo studio
under the midnight sun

像是倒计时，在须旦滴满汗水的、潮湿的眼皮下——她模糊的视线中，这个男人逐渐和山体合二为一，这座山是他躯干的绞肉机。他的身体仿佛泥浆，团团跳下，像一只从未归队的岩羊。

而她自己则走在展春园路上，就像一个人一样走在这条路上，就像一个人的队伍一样走在这条路上。她知道赵自鸣和何无也是一样。他们像一条队伍一样走在这条路上。

可我知道这不太可能了，除非我丧失记忆，不再了解地域，不再相信过去的每一件事，不再有存在于世或者不存于世的亲人，不再听到那宛如林安怕玻璃从地下渐渐伸出的骨架倒塌般的哀号。

随着地铁从新城驶向旧城终点站，所有人都在漫长的路途上玩起了拼图，有的人开始拼凑自己。拼凑自己的人们有些拼出了别人，而别人拼出了他们。人们对着彼此哈哈大笑，像是在照镜子一样。很多个器官因为安装方式不对，产生互斥，造成一部分人的死伤。
A photo studio
under the midnight sun

献给

李永红女士和王平先生，

和过去、现在、未来的自己。

目录

contents

-

>>> Part One

有时候，因为长久的隐瞒，他已经忘记了自己是怎么来的，又曾经历过什么让他想要忘记。只是这也不重要。他现在走在这里，就是最重要的事实。

白夜照相馆

1

很多人无法想象九年不谈恋爱是种什么感觉，但对于赵铭和余声来说，这是稀松平常的。

这两个人，一男一女，除了照相馆的这点事务，都没有别的事情要做。余声留着短发，个子高，远看过去，和赵铭一样是个男人。偶尔她也会走出照相馆，在展春园西路的菜市场和超市逗留。赵铭则会把店里的地板拖得铮亮，窗户和牌匾也擦得很干净。任凭门口的手抓饼摊和炒冷面摊如何热闹、脏乱，这块店面仍像是玻璃一样。

岁月像一根削骨针，把余声的脸雕琢得越来越瘦。眉毛画得细，眉峰平。双眼皮上打着很重的眼影，还是遮不住皱纹。赵铭变化倒不算大，只是城府渐深，眉宇间像捏着石头，不知道什么时候就砸下来。

他俩一前一后来，来的时候什么都没有，白夜照相馆第一任大师傅把他们收在门下，二人才算在驿城落了户。以前他们做什么，驿城没有人知道，不过现在他们做什么，驿城人也不是都知道。

人们很轻松就能找到白夜照相馆。

它大概是这座城市唯一不需要打广告便人尽皆知的店铺。从十五年前成立伊始，它就因为收费低廉且拍得一手好全家福闻名全市。但随着照相机的普及，如今也很少有人来白夜照相馆照全家福了。除了几个老熟人，赵铭和余声哪怕一整个白天都躲在店里，也迎不来几个人。

不过，到了晚上，一切就都不一样了。

晚七点，余声准时从超市回到店里准备晚饭，赵铭清洗好厨具。二人像老朋友那样端端正正坐下来，面对面吃完一桌菜。八点左右，会有人开车或乘着地铁、公交车，或者步行，来到白夜照相馆。

他们一般都很默契，从不交谈，坐在外间等号的时候，即使碰见认识的人，也不搭话。整个照相馆的人很多，却又心照不宣地安静着。赵铭和余声则分别记录下来访者的要求、信息，以及登记收费、约好取照时间。等到一圈忙完，已经接近十一点钟了。

余声准时把店里的灯灭掉，以防再次有人敲门，赵铭则在通讯录上搜索合适的“模特”。模特们一般都在外地，只在周末或者节假日集体从外地赶来，有的时候，他们二人会带着设备过去。拍好照片之后，赵铭会长时间躲进暗房。有时候，是余声长时间躲在暗房。反正不管是谁，他们总是分工明确。

因为长期的相处，他们长得越来越像。很多时候赵铭走在路上会被当成余声，而余声走在路上会被当成赵铭。当他们一起认认真真坐在店里等待客人的时候，才是分离的个体，能代表自己，不必茫然地面对各式各样张冠李戴的提问。这真是奇妙的景象。

只是这天这种景象还是被打破了，因为来了一个“迟到”的客人。

如果按照白夜照相馆的江湖规矩，即深夜十一点之后不接客，那李琅琅是绝对进不到店里的。虽然这个移民城市从来不缺新面孔，但像李琅琅这样的，确实很少见。

她身高一米五，娃娃脸，身边没有什么亲戚朋友，做得最久的一份工作在水电站。那阵子，人们时常会在驿城大坝看见李琅琅。她的长发向后飘着，迎着城市新一波的雾霾，看起来扑朔迷离。

后来，随着新的移民逐次到来，新的猜测渐渐碾压了人们对李琅琅的好奇。那时候她已经是驿城幼儿园的一名大班老师，住在城郊的一套公寓里，每天要花近两个小时在路上。去得早，却走得最晚。时常园里最后一个小朋友被接走很久，她还在荡秋千。有时候赶不上末班地铁，还要打黑车回去。问她为什么这样，她都说是因为一个人住没意思。可一个外地女孩子，性格不算热闹，似乎不谈恋爱，没有不一个人住的道理。

这都是李琅琅告诉赵铭和余声的。

在余声和赵铭从前拍摄的那些照片里，一般还是会有一两个和索照客人相关联的亲属、朋友，只是这些亲属、朋友不是老年痴呆，就是躺在床上不能动弹，或者与客人属远亲，任凭客人编造一些过往细节，也看不出什么。他们是亲眷摆在故乡的玩具，在需要的时候拿出来展示一下，不需要的时候就继续陈列着。

白夜照相馆的规矩是，客人必须无条件把自己的情况告诉他们，这样才能拍出合适的照片。可李琅琅对此闭口不谈——这样一个各方面看起来正常的人，说她没有可仰仗的故乡，多少有些怪异。不过一切记忆的伪造都是为了符合现在，过去如果是一片空白，反而更适合他们“创作”。

“我需要十几个人的照片。有合照也有单人的，最好里面有一个老头儿，还带着个女儿。”李琅琅坐下来，半截身子慵懒地埋在沙发垫内，两腿并直摆着，双手玩着沙发边角。她详细交代着自己的需求，生怕余声和赵铭不清楚。

“还有吗？”余声问。

“我需要他们都看起来很有钱。”李琅琅一字一顿地说，“我给的费用会是别人的三倍。”

“下个月三号，来这里取照片吧。”赵铭说。

李琅琅没想到他如此干脆。她站起来，感觉马上走又太突兀，只好不确定地问道：“那个，你们是夫妻吧？”

“不是。”余声说。

“对不起。”

“没事。”赵铭说，“你还是快回去吧，这条街不太安全。”

在李琅琅走向门槛的时候，余声已经在手机上预约好了明天拍照的人选。

赵铭打开道具箱。那里面是大概传了三代人的旧衣物，有怀表、钢笔、骑马装，还有遮阳帽、青绿色的旗袍等。有的在过去也算高档品。

随着新移民越来越多，这些后民国时代的物品多半用不上了。但李琅琅特别要求，自己不仅需要近二三十年的亲戚照片，还需要七十年前的，这让储物箱里的古董们终于再次见了天日。余声把它们一件件清洗，等着第二天派上用场。整顿齐全之后，指针已经走向凌晨一点钟了。

2

从白夜照相馆走出来，李琅琅先去了酒吧。她酒量极差，大口吞下一杯金汤力后，已快趴下。然而，这天毕竟是个特别的日子。她挣扎着站起来，还给了酒保小费，就踉踉跄跄冲进晚风中。

她摇摇晃晃的样子很像个小太妹，只是碍于一身紧身衣，动作幅度不敢太大。她把提包往肩膀上拉了拉，步子尝试走得稳健了一点，招招手要在路边拦一辆车，可也许是她太矮小，没有人理她。她像悬挂在街边的道具，身体埋没在路灯的背面，并跟着身旁那个长长的影子飘出了这条街。

从酒吧一条街出去是更开阔的大马路，李琅琅半截袖子被剩下的小半杯酒打湿，涤纶布料贴着手臂，痒痒的。她把袖子卷起来，可又觉得冷，只是这一点凉意倒让她稍微清醒了一些。她抖抖手，又抖抖手提包、钱夹，像是拂掉了一层灰土，紧皱的眉头舒展了一点，又再次拧成麻球。

她站直了身体，感觉自己被丢到了一片阴影里，迈着正步往家的方向走去。她雄赳赳气昂昂地走回了家，绕过像摊煎饼一样横亘在驿城的无数条大路。如果不是全城不关路灯，巡视的警察长夜里值班，李琅琅或许真的会在不久之后出现在那个总是写满抢劫、奸杀新闻的滚动窗口上。但今天她还是幸运的。

一直走到天光泛白，走到这条路从空旷到渐现人烟，再到被上早班的市民挤炸，她才像一条瑟缩的鱼穿过人与人的缝隙，准备冲向她的小屋。只在过红绿灯的时候，她迟疑了一下。她的右手在口袋里摸了一会儿，从那团卷着的卫生纸里扒出一张陈旧的一寸照。照片中人齐耳短发、厚刘海儿，看不出性别——这是过去的她。李琅琅把它拿起来，摆在红绿灯的方向看了几眼。接着，撕成了四片，丢进了身后的垃圾箱。接着，她插上新手机卡，编辑了一条短信："我们完了。"然后她把手机卡丢掉，把手机格式化，又插了一张卡，发了一条微信："下个月见一面吧。"最后，就像抛弃了生命中什么重要的东西一样，她的后背塌了下去。她大概是那一刻才真正醒酒的，在过马路的这短短几十米里疯狂呕吐。她想起昨夜并没有吃东西，只有那一点酒水进了胃里。它们跋涉千里，把她最后那点记忆给逼了出来。有一辆电动车从她前面掠过，骂了一句"他妈的"，便绝尘而去。而李琅琅再次拍了拍口袋和手提包的夹层，看到除了几片细小纸屑，再没有什么，才知道自己是真的空无一物了。

3

余声在早上五点听到了短信提醒。赵铭的短信只有六个字：“今晚回家吃饭。”

余声知道，这句话意味着——赵铭此次拍照一切顺利。

进入人生第四个十年，余声感到时间在变慢。尤其这几年，要不是她和赵铭接着黑单，白夜照相馆早就停业了。头头儿们忙着建新城区，一栋栋高楼在驿城拔地而起。很多新房闲置，无人购买。有时候，余声只有在菜市场才觉得这座城市是拥挤的。其余时候，路上塞满了人，他们和他们之间毫无关系，像两个可以随意交汇的点。如果不是照相馆多年积累的一些老主顾还愿意年年来这里拍全家福，余声或许早就忘了驿城别的人都在如何生活，就像别人也忘了她。唯一与之背离的，就是她和新移民的关系。这些崭新的面孔，正以疯狂的速度滋生在城市周围，并向市中心扩散。他们来到白夜照相馆的时候，要求更多，原因也各不相同，大部分不愿意透露。刚开始为保险起见，余声还会打探他们的事由，后来连这道程序也省了。有人拿了照片就兴高采烈地走了，有人拿了照片之后还会不时打电话问余声，该如何在新朋友们面前伪装。

他们总是问得情真意切，丝毫没有索照时的冷静。而余声也平淡地回复：白夜照相馆只负责照相，至于这照片能不能反映事实，而这事实又能不能被人相信，不是她和赵铭能够决定的。

最初，余声每说完这番话后总陷入愧疚，后来也逐渐不再这样。她冷静地把每一个顾客归档，从每一套照片中摘取一张放在照相馆陈列。赵铭负责照相，余声负责做旧。时间久了，照相馆修复老照片的本事在驿城周围声名鹊起。而他们多年来为顾客保守秘密的作风，也为他们保持了稳定的客源。

他们像两具秘密收纳盒，有人说，只要赵铭或余声走在路上，总会有一些人自动与他们保持距离。仿佛即便路过，他们就能看透对方的秘密。

就像此刻，只一眼，余声就知道这条鱼不新鲜。不管是新死一小时，还是刚死半小时，都瞒不过她。她用指甲弹了一下鱼尾，鱼儿软趴趴地沉了下去，在腥气弥漫的店铺，露出一只将死未死的眼。

4

李琅琅拿到照片的那个黄昏，刘一鸣已经在咖啡馆等她。驿城的咖啡馆没有名字，就像驿城的酒吧也没有名字。据说，早前连照相馆也是没有名字的。还好驿城有无数条奇奇怪怪的街名，微信上发个位置，总还是能被找到。

那个晚上，刘一鸣就把自己所在位置发给了李琅琅。

她收到的时候，恰好晚霞逐渐散去，天空显出一片灰蒙蒙的蓝色。按照惯例，喝杯咖啡，他们会去吃饭。但这天有些特殊。李琅琅的手伸进包里攥着照片，感觉自己全身变得紧张又轻盈起来。

走出地铁站的时候，她看见夜晚厚实的云层背后显出一条若隐若现的金色光圈。李琅琅想要把它拍下来发给刘一鸣，但他在这时打来了电话。

“到哪儿了？”

“新街口刚出来呢，等着。”李琅琅不耐烦地挂断，迅速拍下了这片天象。

只是手机突然信号不好，照片怎么都发不出去。李琅琅想到自己可以到了再给刘一鸣看，可她执拗地想现在发。随即她又想到自己明明是要拍照给他看，为什么又要因为他的电话不耐烦。一连两个奇怪的逻辑让她放弃了再次发送的欲望。她关掉屏幕，塞进包里。想着今天多少有些不一样，她不该这样。而刘一鸣似乎也觉得有些异样，李琅琅要告诉他什么，他并不知道。就像他搓着手时，也考虑要不要告诉李琅琅些什么。这让他突然希望李琅琅像她说的那样是个彻底的路痴，但李琅琅很快就出现了。

她打扮得并不入时，可能还有些土气。棒球服和灰白色球鞋怎么看都像是没有洗干净。尤其是那条黑色眼线，像只苍蝇一样黏在刘一鸣的视线中央。

“你和照片上不太一样。”他双手放在咖啡杯两端，右手右侧还有一袋薯条。李琅琅的视线在他两只手上滑来滑去，直看得刘一鸣把手藏在了腿上。

“你也和照片上不太一样。”李琅琅说，“不过比视频上好看点。”

听她这么说，刘一鸣露出了大白牙。李琅琅盯着他下颌的一颗尖牙看下去，觉得上面如果沾上番茄酱会很滑稽。

“你也很漂亮。”刘一鸣局促又心虚地说，“我以为我们会有很多话可说。”

这句话说完，刘一鸣就后悔了，他不该说这句话，犯了约会大忌。但李琅琅视若无睹，她只是把一沓照片放在餐桌上。

“你上次打电话说想看这个吧。”她粲然一笑，露出两只梨窝。

这些照片除了很旧之外，没什么特别的。最后几张上总有个奇怪的小女孩晃来晃去，还有几个老头子和中年人，看起来端正又别扭。还有个老气横秋的女人，穿着过时的旗袍，肚子上鼓起一团，不知道是怀孕了，还是肥胖。

“这是我小时候的全家福，上次你说要看的。”

刘一鸣点点头。李琅琅接着开口道：“你不是有什么要告诉我的吗？”

他这次放平了呼吸。确实是有这么一回事，但是什么呢，也不算什么事儿，就是他需要他们有一个真正的约会，至少看个电影，运气好还能去公园散散步。他走神了一会儿，感觉李琅琅的目光再次扫过来。他有些紧张，但还是开口道：“我觉得你应该认真考虑一下我们的关系。”

“这有什么难的。”李琅琅笑道，“不过照片你看完了吗？”

“看完了，只是不明白为什么一定要给我看。”刘一鸣脱口而出，李琅琅则尴尬起来。刘一鸣只是想了解她，也并没有说一定要看照片，可除了这个，她不知道还能跟刘一鸣说什么。

“我不是驿城人，难道你没有调查预备交往对象的习惯吗？”李琅琅说。

“没有。”刘一鸣老实地回答。其实他还咽下了半截话，他也是一个移民。只是在这当口，他没有说出那句话。他心里觉得李琅琅该洞察一切，应该什么都知道，最好什么都知道。这种回避像一块遮阳板，他视线里的李琅琅不禁逗留在阴影里，只在脸颊处显出一层金色的光芒。他不知道是台灯的缘故，还是外面路灯的缘故，或许都有。他不讲话，李琅琅也故意不讲话，他们都像是在和沉默较劲。直到刘一鸣意识到他可以把电影票拿出来。

李琅琅看出那是最近一家电影院的主题联展票，电影都还不错，从这边过去要半个多小时路程。她盯着刘一鸣看了一眼，接着站起来，把最后一点咖啡喝完。

“我把过去都交给你了。”李琅琅说，像是自言自语一样。

刘一鸣有些尴尬：“其实你也不必这样，我们总是要慢慢发展的。”

“慢慢发展？”李琅琅跳起来，“我出生于台县宋镇大石庄二组，跟母姓，十八岁搬到驿城，父母亡故，亲戚都居外地。未婚无子，无不良嗜好，无遗传疾病。你还想知道什么？”

刘一鸣哑然，这个场景他完全没有预想到。

“我知道了。”他哆嗦道。

“那我们下个月三号结婚。”李琅琅说，“你的照片，我也要看。”

5

赵铭从暗房出来的时候，已经是黄昏了。

照相馆空空荡荡，就像他刚来的时候那样。余声的手机怎么都打不通，不过通常那号码也只有赵铭一个人会打。他们来到驿城的时候赤条条的，现在也赤条条的。

刚来驿城的时候，他俩先在车站撞上。赵铭问余声来干吗，余声说跟他一样。赵铭又问她以前干吗，她只说在剧团工作，赵铭就也坦言自己是扮老生的。他们切磋一阵，就先后走进白夜照相馆。来之前他们就查过这里，如果一定要选个外乡，驿城应该是最合适的，而在驿城能收容他们的，也许只有白夜照相馆了。

余声的手机有些年头了，刚开始流行诺基亚的时候，她就买了。那时他们的师傅已经仙逝。师傅在驿城名望很高，当时来了不少人送葬，花圈摆满整个厅堂。赵铭和余声赡养老师傅的事迹甚至还登上驿城晚报。不过那期报纸太煽情，赵铭羞愧之余跑遍全城，看到有人卖这份报纸，就马上全买下来。他羞愧了很多年，始终没有娶妻。大概是因为没有家庭生活的浸淫，四十四岁的赵铭出没在驿城，仍然有种老男孩的气质，浓眉大眼，穿着卡其色布裤或者浅蓝色牛仔裤。不管跋涉多久，都能保持裤脚的整洁，也算是很有本事。

他们俩多少也算惺惺相惜，师傅在的时候就暗生情愫。可师傅说了，共事者不能做恋人，这世上没有比感情关系更不牢靠的了。师傅死后，他们保持男主外、女主内的作风，仍是未在一起。直到再也没有成为夫妻的可能。他们深知彼此的秘密，多年一起工作下来，没有人比他们更了解对方。余声不喜欢东奔西跑，留在这里帮忙修片、关照店里，没什么不好。何况随着新移民越来越多，统计客人的身份是一件麻烦事。如果赵铭在店里，他们会一起统计。只是眼前这本记事簿，大部分还是统计了余声的黑单。

在第五十二页，赵铭看见她用红线标注了一个人。

这人叫刘一鸣，三十岁，要求拍摄一套三口之家的全家福，年代要求是1970年。赵铭皱了皱眉，他很厌恶拍这个时代的东西，但是刘一鸣在要求背后留了一个高出他们市价多倍的数字，赵铭才动了心。

上一次看到这么高的价位是七年前。那时候有一个本家来寻师傅，却不知师傅已经去世，在店里鬼哭狼嚎一番后，说必须拍一套关于师傅的照片。事后，赵铭问余声这人是师傅什么亲戚，余声只说别问了，让赵铭一阵窘迫。直到现在他都记得余声仿佛写着“不可说”的眼睛。像师傅刚死的那个晚上，她的表情，也像是这些年来打听客人身份和去向的异乡人，他们多露出急匆匆的表情，渴望知道关注人的一切，却在涉及自身隐私的时候讳莫如深。赵铭很讨厌这样的人，想知道一切，还不坦诚。但他更知道，他和余声又何尝不是这样的人。也曾有人出于气愤，往照相馆门前送菊花，或者泼墨，甚至用卫生纸在半夜把照相馆门前搞得像灵堂一角。然，再气愤，赵铭也知道这些人断然不会使什么大招了。毕竟谁都有秘密，白夜照相馆掌握着全城所有新移民的秘密，要是比的话，谁都比不过他们。

想了这番往事，赵铭大笔一挥，把刘一鸣这一页又标了一遍红。

6

余声前脚踏出去买菜的时候，看见照相馆门前蹲着一个颓唐的男人。

这人脚下的皮鞋磨得很破了，衣服袖子都扯破了，白衬衣领口染了很多汗渍。此刻被他没顾忌地往后背掀开一角，余声嗅到了一阵汗味，不禁皱起眉。

她锁好门，回过头，男人则已经面朝她站着。

余声吃了一吓。男人的正脸还是很有轮廓的，就是两只眼睛非常细小，像是两条缝隙，鼻子倒是高挺得厉害。

“你是给李挪照相的那个人？”

“李nuó？”余声眉头皱得更厉害了。接着她想要绕过去不理这个男人。

但男人显然不这么想。他突然坐下，甚至把着余声的菜篮子，说：“讲不清楚，你也甭想走了。”

“你谁啊？”余声说，“你找谁？”

“我找李挪，也就是李琅琅，我要知道她到底把自己的档案改成什么样了。”

“你要想知道，就去找她，我们照相馆不留底，何况这照片也谈不上正规用途，大家拍着玩玩。驿城说大也不大，你要找她总是能找到的。”

说完这一通，余声觉得自己可以走了，但男人显然不这么想。

“我说完就走，她不见我，你知道多少就告诉我多少吧，反正我知道这地方，你们夫妻俩干的事儿也不是没人知道。”

“我们不是夫妻。”余声冷冷地说。

7

收拾停当之后，赵铭见余声还没有回来，便把前面几天的碗筷洗了个干净，开始在家里喝茶。直到电话突然就来了，赵铭听了一句就披上外套赶去医院。

驿城的每条街都有家医院，就像驿城的每条街都有个超市一样。赵铭时常不明白，这样狭长的一条街是如何容纳这么多生活职能机构的。很多人说，在驿城住着，只要上班的地方不太远，根本不需要走远路。这里的每条街都有服装店、商店、菜市场……甚至殡仪馆。有的老人说，自己一生都没有走出过驿城的某条街，其实是可以理解的。这些街道成功地把驿城划分为一个个小社会，像摊煎饼一样在全城横行，倒是有点拉帮结派的意味。

余声就被送到街头那家医院，胳膊被缝了七八针，这会儿已经在输液，并无大碍。赵铭可以想见邻居们的议论纷纷，不过目前也顾不了那么多了。

看着余声挂的盐水瓶，赵铭只觉得一阵恍惚。大概是这些年太风平浪静，驿城人也心知肚明，谁都不会找他俩麻烦。“重新开始”这么诱人的情节，对很多人而言，都具备足够的吸引力。只是李琅琅这桩案子，也因为她没有把自己的事情交代清楚，甚至婚礼的时候还给照相馆发了请柬，让赵铭大为光火。此时余声闭着眼，彻底让他断了追问的欲望。多年来，他们就是这样，彼此断了追问对方的欲望，所以才能活得这么相安无事吧。想到这里，赵铭莫名觉得有些难受，胃里中午吃的油腻食物，一阵阵翻江倒海，再结合郁闷的心情，他不禁低头对着纸篓呕吐起来。

过了一会儿，赵铭抬起头，看见余声床榻边的柜子上放着一张一寸照。有人把它撕成了四片，但能看出又把它们拼在了一起。四小等份歪歪斜斜在桌上拼成一张照片。偶尔有人开门，来一阵凉风，把它们吹得熠熠生辉。他觉得，李琅琅一定是来过了。

8

余声在黄昏来临之前执意出院，不过约定了每天下午来医院输液。

将近二十四个小时，她在半梦半醒间不断想起那个男人的脸。

她记得，是要带他拿李琅琅的一寸照片——那是照相馆归档用的。余声破了例，那个男人也没有客气，把那张照片拿在手里端详了很久。他个子很高，在女人堆里不算矮的余声站在他面前都像是一条中型板凳。只是余声一个未留意，男人竟然已经给了她一刀。

“你能跟我出来，肯定也想知道点她的事。”男人说，“她不想嫁我，可我就是要娶她，她已经是我的人，有案底在我手里，说出去不好听。可我也不想伤她，只能咬一下你了。多担待。”男人说得冷静，仿佛有十足把握余声会私了，他也没有想错。

余声想起，当年来到照相馆的那个黄昏。赵铭先她一步走进店里，他资质好，态度也好，按照师傅只收一名徒弟的原则，她原本还是要被赶走的。可师傅最终决定留下她。她太聪明，总能猜出来往客人的身份。甚至赵铭也怀疑，她或许根本不是在剧团工作，她只是看出自己的做派颇有梨园风范，才谎称自己也在剧团。可当她说出喜欢他的那一刻，赵铭又怎能不信她。正如当年，她逐渐掌握着白夜照相馆客源的所有秘密，如果不让她留下来，她或许随时能拿着这些密报去卖钱，甚至敲诈勒索。只不过，她还没这样做，师傅就察觉了一切。

好人难做，师傅当时说了这四个字。余声记得很清楚，她相信赵铭也记得。她对仇恨的细节总是记忆犹新，但对恩情也没齿难忘。只是回忆到此也戛然而止了，也或许是她不愿再多想。赵铭今天没有来接她是有原因的，因为刘一鸣那套照片要得很急。

刘一鸣个子不高，按照俗常的说法，是个很猥琐的男人。

没有秃顶，也穿得干净利落，甚至服装的配色和材质也够讲究。但是为什么他还猥琐呢？赵铭这样问余声的时候，她沉吟了一下回答——

“他不坦荡。”

余声这样说并不是没有道理。刘一鸣虽然穿得干净利落，但一条领带扎着，加之上半身穿了衬衣和紧身外套，整个人显得更慌乱，就像从乱颤的珊瑚里蹦出了一条非要站直的鱼。

“她另外那个男人呢？”赵铭抬眼。

“那人有点怪。”

9

每年六月一号，照相馆都会免费给到店的前十个小朋友拍照，用作宣传。如果在往常，很少有小朋友会来。更多时候，家长们更愿意把白夜照相馆描绘成一个魔窟，作为让小朋友听话的借口。

只是今年不同，整个下午，来了十几个孩子，还有对双胞胎。

双胞胎的母亲不像本地人，穿着挺时髦但是不够合身的外套。说话的时候双唇一闭一开，像是闸门。戴着深蓝色的美瞳，下巴有些长，像是塞了假体。赵铭愣愣地看着她，感觉她的五官整个像是打了激素的玩物。

妇人看着他，仿佛也咬定他不会做出什么严厉的事情，开始挑剔照片的风格、背景，甚至还要赵铭修片成复古效果。赵铭心里紧张了一下，虽然在他的头脑里，这并不是第一个这样开玩笑的客人，但这是白天，照相馆不允许这样的事情发生。他沉下脸，不说话。妇人也知道自己失言了，只是看着他，眼睛睁得很大，赵铭低头摆弄摄像器材。另外几个小孩和小孩妈妈看气氛不对，纷纷离开了照相馆。

仿若掉针都能听到的寂静只萧条了几秒，妇人坐在沙发上，自顾自倒了杯茶。男孩们也像是约好了一般，乖乖地去门口玩耍，不打扰母亲和赵铭的对话。

“刘一鸣，您认识吗？”妇人突然说。

赵铭立在原地不说话。

“刘一鸣，就是我老公刘一鹤，在这里照过相。”妇人开口道，“您知道的，是那种照片。我就想知道，你们这里能不能给我照那种？”

“您是驿城人吗？”赵铭问。

“不是。”妇人说，“有什么关系？”

“那我们不照。”赵铭冷冷地说，“如果您不是移民，就请回去吧。而且这个时间不是我们接待客人的时间。”

“哈。”妇人笑道，“原来你们要求还这么多呢。你们伪造我老公的照片，冒充未婚，你们这些缺德——”

啪。

伴随着笨重的脚步声，赵铭看见余声已经把一根长萝卜甩在了女人脸上。

“刘一鸣已经和您分居多年了，是您一直不肯离婚。”余声说，“该滚请滚。你要骂街，我奉陪。”

妇人怔了一下。

“你们会遭报应的。”她边说着，边想张张嘴骂人，又看着跑进来的孩子们，觉得不好开口。余声转过头冲他们微笑，他们一下又都跑开了。

打发走母子们后。余声沉沉地说：“不然我们不干了。”

“那吃什么？”赵铭说。

“总还是能维持下去啊，有那些老主顾，不至于太差吧。”

“我们来这里，难道真的是继承这点‘家产’的吗？”赵铭说，“何况这是我们的家吗？”

赵铭又说：“我们不拍，那些人就不会被抛弃吗？”

这句话说得余声心颤颤。她低下头，盯着自己上衣的一颗纽扣看得出神。这么多移民，他们乘着车或飞机来，也不是不能去别的地方，却偏偏选择了这里。很多事她在回避，不愿想起，也许都不是错，就像他们重塑的这件事，这些崭新的历史、光鲜的人，出了这扇门不会再回头看的人。他们能做的也就这样了。识破或者被罚，根本不是他们关注的焦点。

一栋栋新的大楼仍在他们面前拔地而起，他们就算洗手不干，也会有另外一些人这么做。仿佛为了守住这个行业的一些尊严，赵铭和余声居然徒生诡异的理想情怀。

10

六月过后，白夜照相馆只在下午开门。

随着三栋大楼起建，又有新的人来到移民办，他们有的是不远处的湖民，有的是大坝移民，还有的是准备久居的外来务工者。他们即将入住驿城之前，多会不约而同来白夜照相馆。以前大家在深夜，现在干脆下午就开门。趁着黄昏半遮掩的余晖，显得比过去诚恳，又仿佛一切都没有发生。

余声把记录簿端端正正地摆好，赵铭套上工作时穿的白褂子。

他的白褂子有一道蓝色条纹，余声的则是红色条纹。他们坐在一起的时候，就像是两个穿了不合身情侣装的中年人。最初提出这一点的是个移民小伙子，他头发微卷，鼻头很圆，说起话来有股南方口音。二人只得尴尬地笑笑，再次解释他们不是夫妻。

他们把每个人的信息记录好，发现任务量足可以排到年底。有几个看起来比较复杂的项目，或许得拖到春节后才能完成。但是外面浩浩荡荡的移民大军其实并没有消停。

因为长期不出门，余声并不了解外面已经堵车到多么严重的境地。有些开车来的新移民被堵在高架上，而高架之下，是不远处大坝修好后，缓缓流动的人造湖水。整个城市结构完整，再也不是他们刚来时候的样子。这真让人哀伤——世界变大了，面积却没有大，新街在建，旧路重修，也和赵铭与余声做的没什么两样。

黑压压扑过来的人们，有的并不知道，在驿城，每个人心照不宣地创造历史，甚至他们的新伙伴也是这样。那些被他们隔绝在故乡的亲人，也会以照片的形式，重新复活在他们的“记忆”中，不管那面庞多么不一样，至少他们也做了努力，让这些面庞都有个共同的名字——亲人。

只是这些荡气回肠的感情，并不能治愈余声和赵铭此时烦琐而让人厌倦的忙碌。

余声把记事簿最后一个空格填满。接着，和赵铭把这些本簿都收藏好，就像在保护自己的过去一样。但关上门的那一瞬间，赵铭听到了一个奇怪的声音。在新移民纷纷抵达的时代，这样奇怪的声音每天都在上演，只是今天多有不同。很久没开上街的洒水车在夜色里浇灌干涸的街道，尘土张开嘴，凉水浇在地下，仿佛把路面都铺宽了，衬得这声音摄人心魄。

那是一个女人发出的一长串大笑声。她只有一米五，娃娃脸。她最初只笑了一声，接着又笑了第二声，等到笑罢第三声，仿佛堤坝泄洪般，无休止地笑了下去。声浪一波赶着一波，逐渐连成一片，似山丘，绵延不绝，很快就把她自己越了过去。

接着，两个男人的吆喝声从后面追赶来，一个魁梧，鼻梁很高，一个像被陷害的老实人，丧气、爱面子。

路灯把他们的影子拉得很长，一条影子套上另一条影子，很快就把整条街团团围住。他俩看着他们在不远处撕扯，一动不动。余声头低得很深，臂弯似乎能把她的头颅淹没。她的下半身似海洋，身体在里面游动。每个人又何尝不是自己的窠臼。

“你爱我吗？”她突然像回到少女时期，“如果我们不干那件事，或者离开这儿，我们会结婚吗？”

“已经都过去了，现在这样，不也很好吗？”赵铭说。

“不好。”她目光闪烁，白天强硬的派头此刻全部干瘪。

“你知道的。”他温柔起来，“我们都一样，不到玩不下去的那一天，谁也不会离开这儿。”

11

赵铭是在出发去外地拍照的上午看到了那桩街头案。它长在报纸的缝隙里，和旁边的讣告、凶杀案没有关联，也不言语，但放在一起看，仿佛是同一个故事。

赵铭一上车，就有人把早报塞给他。他的习惯是寻找上面的招聘和相亲消息，因为这些字句充满着条件。关心这座城市的条件，就是关心它的审美，让赵铭觉得自己永远和这座城市的节奏同步。

此刻，他把报纸摊在自己腿上，盯着那则新闻。

报上说，当街暴毙的三人，撕扯原因不详，除了其中一个长相奇怪的，另外两个都是新移民，报道上还印出这两人的名字，分别是：李挪、刘一鹤。

刘的表情怯懦，马赛克遮住了他的眼。这样形态的男人在驿城时常死去，大概是因为他们太平庸，而城市需要新鲜血液，优胜劣汰，所以必须去死。中间那个死去的外地人，没有人说他叫什么。作为一个眼睛细长、异常高大的男人，放在哪里都容易被记住，因而索性也没有人遮住他的眼睛，倒是那条伟岸得像东非大裂谷的鼻子被打了马赛克，看起来触目惊心。

他们费尽心机想隐藏的，终究还是在死时被掀开。

而这报道背面的夹缝，是轰动全市的火灾报道，涉及一整条街。

那条街长得能把驿城拦腰斩开。赵铭一旦去外地取景，还会考虑去那里喝碗咸豆腐脑儿，他最喜欢黄花菜和木耳。但是今天他没喝到，因为昨晚有火灾。

那个晚上，所有人都睡得死死的。火红色像从天边坠落，从地上扑腾乍起，而那一条街的人，很多都在睡梦中再也没能醒来。

赵铭想着，把报纸折成了四方形，接着撕成了四等份，放进了面前的纸篓。

汽车启动的时候，纸篓颠簸了一下。有几支急支糖浆的空瓶子在里面摇摇晃晃，像几颗坚硬的炸弹。

他对即将去的地方有期待，就像他最初来到驿城时一样。他也曾是白夜照相馆最初一批顾客。他想拍一套照片，甚至还想留在这里学这门手艺。可师傅说，必须告诉他一切，他才能留下来。当然他说了，只是并非全部的真相。那时候想要失踪比现在容易。于是他也便失踪成了赵铭。就像余声失踪成了余声。多年之后，他们也让师傅失踪了。他们接手了这里，却无法原谅对方的邪恶，最终还是不能在一起，想想真是讽刺。

有时候，因为长久的隐瞒，他已经忘记了自己是怎么来的，又曾经历过什么让他想要忘记。只是这也不重要。他现在走在这里，就是最重要的事实。

而列车背后那条长如十几条鲸鱼体魄的火灾过后的街道要去往哪里，在哪里结束，也跟他毫无关系。赵铭想起来，那条街其实不是喝咸豆腐脑儿的那条街，而是白夜照相馆所在的那条街。他想起来这里每条街都是一样的，市内铁路偶尔会穿过这样的街道，有时候还会出现火车和货车相撞的事件。

每条街都相似，他张冠李戴也不是一天两天了。余声也是这样。他们在迟钝的事物方面常常一致——除了昨天晚上，赵铭发现屋内起火，想要推醒她，却发现她的床上已空无一人。他早该料到了。

只是现在，这些都和赵铭没有关系了。新的故乡向他展开，不管是什么样的大陆，至少此刻看来是新的，就还不错。他清楚，余声必然也是这样想的。

>>> *Part Two*

像是倒计时，在须旦滴满汗水的、潮湿的眼皮下——她模糊的视线中，这个男人逐渐和山体合二为一，这座山是他躯干的绞肉机。他的身体仿佛泥浆，团团跳下，像一只从未归队的岩羊。

战 国 风 物

做完一个梦，小半只人生就过去了。

须旦倚着门，屋檐上前夜积存的雨水正滴答滴答砸在她脚边。她光着的脚面上已经溅满鼓胀胀的露珠。她盯着它们发呆，脑子里还在回想梦中的场景。

这一觉她睡得踏实，大概也因为门口没有人听她打电话。她不必用针在门缝处扎来扎去，渴望扎破那只偷听的耳朵、偷看的眼睛。以往在家的时候，她用这招扎伤过母亲。母亲压抑的惨叫伴随她度过了许多不眠之夜。只是到了第二天，母亲必然不承认。不过她看得出来她眼角和耳朵的红肿是因她而起。须旦什么都没有说。直到来这里的第一天晚上，那个电话又响了。须旦有点想接，虽然他们现已分开。和家人在一起的时候，她习惯去按掉。只是毕竟在外地，又是旅途上，她尽可以压低声音，把这通电话按进夜晚的褶皱里。她想着，就动摇了一下。但也只有一下，须旦知道，她的门边又掠过了一个黑黢黢的影子。她警觉地打开房门，看见齐彭侧立着，左手擎着一个空杯子，尴尬地笑说自己在找水，五官恨不能拧成一团来掩盖表情。须旦看着他，就像盯着一面摆拍雕塑。其实哪儿有水呢，须旦心想。

齐彭昨夜一走，须旦睡得踏实很多。六点醒来，头有些昏昏的，一眼望出去只觉满目青光。天日发白，她还未睡饱，只好再眯起眼，可这一下竟睡不着了，半只头脑坠在梦里，赶也赶不走，只好努力做完。这会儿彻底醒了，她又记不起来。觉得翻越了几座高山，还背着竹篮，脖子上的铃铛蹦啊跳啊，她就来到了这个村子。这样想着，她弓着身，对着即将坠落的一粒雨，伸出了舌头。

屋里房东太太已经把饭菜摆上桌，热腾腾的香气飘到屋檐处。须旦并没有回头。

齐彭昨天下午就去了镇上。山里老断电，也打不通电话，临走时他没说自己几点回来，须旦也没有问。昨晚提起煤油灯，剪灯芯的时候她的手有些颤颤，影子也有些惶惶，像是架着荡悠悠的身体，顷刻间就能把煤油和自己揉成一团影子，丢进外面这夜里。她记得还有一声狗吠，似要衔住她的影。如果不是醒了又睡着，睡了又醒来，她或许可以记得这犬走进她梦里，还在那股泉眼处停留——直视远方，坐在冰凉的青石板阶梯上，撒了一泡尿。

须旦穿着来村子前的衣服，端坐在屋前的矮凳上。这蓝色罩衫被房东太太洗出了一块块白，像笨拙的云，跌在她身上。齐彭已经十个小时没出现了。

他们本要三个人来这里，此刻只剩下他们俩。须旦点上一支烟，不远处躲藏的小孩对她蹙了蹙眉，她笑笑，然后掐掉了。她有些焦虑，站起来跺跺脚。积蓄的雨已经不再轻易往下砸，倒有了点欲迎还拒的意味。羞涩、狠毒，一不留心就滴在她背上。眼下是夏天，山里仍有些凉，何况现在是早上，雨水滴下去的时候，须旦还是打了个寒战。她的黄皮包像一座回音漫漫的大厅，手机铃声在里面轰然响起。她有点惊喜，又有点不想接，不过还好，是齐彭。

“帮我拿个雨披。”他闷闷地说。

上山的方向在西边，齐彭却在东边。他想抄近路上来，就要穿过一片密林。其实也不算密，就是前夜下了沉沉的雨，叶子上都缀满雨水，穿过去时，总是惹上一身湿，这是齐彭不想看到的。须旦心里叹了口气，慢吞吞往下山方向去。看到齐彭的时候，他正蹲坐在一尊树桩上。

“那家店关门了。旅店床硌得慌，就回来早点。”他说，“不过来了山里，总是醒得很早。”

“我也是。”须旦说，“还好路好认，我们都能找到。”

“过几天再去看看吧。”

“没所谓，反正也不是什么宝贝。”

他们说的是须旦脖子上挂着的镏金铜佛。大概是前几天逛镇上的古玩市场时不走心，丢了一个，回到旅店才发现。

他本是说买三个，后来却还是买了四个，结果非要丢一个，心里总隐隐觉得是天意似的，竟有些歉疚。他不知道这歉疚该放置何处，他觉得自己也够可怜的，何必又对人歉疚。

须旦倒不知他心里嘀咕，只诧异为什么要买四个。齐彭的想法，她一向也不明白。他们相差二十六岁，须旦又早早离家，除了这点血缘关系，真的很难了解对方。想到这里，她如鲠在喉，想做点什么，却暂时想不出，只好喊了声爸。

齐彭心里惦惦的，像是擎着一杆秤，一不小心就要歪斜，只好端着。他骨架高大，身上却少肉，看起来干巴巴的。以前孙方在的时候，就经常炖骨汤给他补身子。那些汤着实不好喝，但齐彭也都咽了下去。喝到尽头的时候，总能舔到黄豆渣。他喜欢黄豆渣，打豆浆的时候，他也更偏爱豆渣。孙方说，这是以前日子苦，他才染上爱吃豆渣的毛病，现在都什么年代了，还吃豆渣。说完，她就把它们全丢了。想到这儿，他有些不高兴。这些时日，他没有高兴过。这会儿在外城，又是村子，想到这些喧扰，心里有些落寞。须旦走在他后面，这让他觉得是不对的，他把须旦拉回来，两个人并排走着。须旦默不作声，又把步子往边上挪了挪，她脚细，比齐彭更容易被绊到。雨绵绵密密地下着，像在山头缝针，把他们二人都纫了进去。雨点打在植被上，像是虚幻的织布机在开动，在她心上压出一阵密匝匝的节奏。须旦觉得挠心，右手不自觉扯了扯内衣，仿佛要把这声响从心上抹去似的。可这哪里又是她的声音呢。

“学校，你什么时候回？”

须旦一愣：“下个月三号吧。”

“是不是要找工作了？”

“嗯。”

他们的对话很短促。两个人都觉得应该说点什么，嘴门却闭得严实。齐彭侧目看了她一眼，终于字正腔圆找出一句应该说的话：“站直！”

须旦一咳嗽，不合身的雨披就从身上滑了下去。齐彭在她后背拍了一掌，她仿佛听到骨骼生长的声音，僵硬地拉直了身体。不过没多久，她就又驼背了。

回去的路有些长，大概因为两个人走的缘故。过了后山，绕过一棵死树，就是旅店了。招牌上站着两只鸟，翅膀是天蓝色的，后颈却是一块黑，有红点在身下点缀，冲着齐彭和齐须旦喷出了两滴鸟粪。还好雨披遮挡，才没有滴到他们额头上。须旦没有抬头，齐彭也没有。他们一前一后进了门，餐食被大碗盖着，掀开的时候，热气已经冷却，结成一颗颗水珠，晾在饭菜上，像一粒粒盯着他们的眼睛。

“你妈打电话了没？”齐彭嗝了一下，有些尴尬，却还是说了下去。

“没。”须旦夹起一块肉，说。

“要打来就说我不在这儿。”齐彭说。

须旦把肉和米饭扒进嘴里，右手直绷绷地去夹豆角。青筋在她白白的手背上显出两道凸起，就像他们接下来要爬的山峰，而她是掉进崖壁间的那块炖肉。

“想说你自己说。”须旦放下了筷子。

去爻山的私车一般在村头汇集。这里和别处不同，开发不算完善，也正因此，游客稀少。这回来玩，齐彭本想参团，须旦执意不从。车上，齐彭在副驾坐着，须旦坐在后面。手机铃声又响起，是母亲。须旦没有接，她闭上眼，靠着车窗，齐彭从内后视镜看她。

他们都不动，当那个铃声不存在。须旦右手摸进包里把手机关机，齐彭突然松了一口气。

他确实不想见到妻子。尽管，他也不想见到孙方。

这一年，他们一直在旅游。有时候回到家不足一周，妻子又吆喝着去爬山、漂流，甚至蹦极。他们所在的城市没有这些玩意儿，就去外地。反正这个国家，大江南北，在这一年多都跑遍了。说起来奇怪，他们感情最好的年头从没有这样大张旗鼓地去旅游，人到中年岌岌可危，却开始到处旅游。他在机关有份闲职，请假总是方便的，何况他也快退休了。齐彭想着，也闭上了眼。再醒来的时候，已经到爻山脚下了。

上山可索道，可徒步。他们选了索道。

一路从下往上，是能见证四季的。一阵郁郁葱葱之后，是泛黄的几片秋叶。这座高山远比旅店所在的小山气候潮湿、阴冷些，不过这凉气让须旦觉得舒服。索道站在半山腰，一般游客也就在这里游览，不会再往上了。山顶奇寒，半山腰倒又清爽布满各个观景台。有人提着各式单反拍照，齐彭和须旦各自拿着手机，像丢失了旅伴临时凑起来的二人组。

虽然这样说也没错。

先到了一个观景台，说是半山腰，站在上面也能看到云了，只有伸出手的时候才发现其实距离很远。

齐彭给须旦照了相，又麻烦别的游客给他们拍合影。一连咔了十几张，谁都没有提议给那个一直打他们电话的女人发照片。他们不说话，沉默几乎要把他们内心仅存的耐心戳破。他们并排站着，表情严肃。齐彭噙着一口气，须旦也噙着一口气。他们这样做的时候都没有让对方发现。他们待会儿还要一道下山，这当口谁都不想把气氛撑破。

半晌，齐彭问："你和那孩子还联系吗？"

须旦呆了一下，旋即意识到他在问那个人。

"那孩子看着不靠谱，不像好人。"齐彭又说道。

"没联系了。"须旦补上一句，"早就没感觉了。"

"感情嘛，不只是感觉不感觉的。你现在还小，但以后总还是要过日子的。"

须旦看着齐彭絮絮叨叨的样子，竟有些像母亲。

"不过，"她说，"你又何必跟我说这些。过日子，谁还不知道是怎么回事？反正你们现在这样，不也叫过日子吗？"

齐彭脸一阵红，但没有作声。这当口，他说什么都是错的。他想起孙方——也总是在这样的时候，他会想起孙方。她总盯着他看的眼神，明明是大嗓门却做出小声小气的样子，或者娇柔的腰肢和胸脯。这一切混乱的影像搪塞着他的心脏，把它打造得稳健、礼貌，不至于做出任何因焦虑而不计得失的举动。没错，他是占了上风的，他还有孙方。想到这儿，齐彭挺直腰杆，不再支支吾吾，而是直接问出了那句话。

"你俩，没出去住吧？"

须旦一阵脸白。她嘴唇张了张，想辩解，却什么也说不出。如果是母亲问她，她大概会当即否定，如果是父亲问，她真的不知道如何回应了。她不知道他为什么要问，也是该说的说不出，只能从她的生活下手。而她站在那里，看着他们要一起走的前路，想到这个山峰之后还有下一个山峰，想到他们今天要一起下山，就感到绝望。之后更远的事情，她已经无暇去想了。

“没有啊。”她最终平静地说。

齐彭呼出一口气，眼前是一片一望无际的平原，一路看下去，仿佛能遇到故乡。他的视线有些迷蒙，面前的景物有些摇晃。这一条线一般的景致，就算再晃动也就是那样了。他的身体像一张纸，在这样的风景面前抖动了一下。他弓着背，感到一阵抽搐，钻心的疼痛让他一个趔趄似要跌倒。而须旦，从他的影子里捡到了他掉落的镏金铜佛。

这铜佛和上次买的不同，旧旧的，也沉沉的。上面有些脏污，须旦想抠掉，不过齐彭制止了她。

“刚才在山上捡的。”他说。

须旦没再回答。爻山确实流传过很多游客捡到文物的段子。这里从前是王公墓群，前些年地震后，谣传有些文物碎片浮上来，甚至有传考古队要来，可一直也没什么动静。此刻，她仔细端详了一下铜佛，它不仅外表和买的那几个不一样，连佛像的表情也不太一样，笑得有些莫名其妙，又挥之不去。她本是站着看，又觉得看不清楚，蹲下去半只手捂住看，再站起来，感到一阵天旋地转，失手就把它丢了下去。齐彭赶紧拾起来。也是他这个动作，须旦才意识到他们已经快走到山脚了。

他们决定再爬一座山，这次是真的爬，没有索道。这座山和爻山同属一个山脉，开发程度更差。不过他们是自由行，没人管。齐彭说他们明天就要回去，今天总得爬完。须旦愣了愣神，她真的没有想过回去这码事。她脑子里对那里的印象只是母亲在车站外奔跑的样子，她的眼睛里有不解，当然，也有某种程度上的仇恨。那恨意很快失神，不代表没有存在过。须旦坐在父亲边上，靠着窗，就看着一手提着刚买的吃食，一手提着水的母亲。齐彭背对着车窗，斜斜地看出去，右手在半空中划了一下，转眼就把她的提包丢到了外面。列车像卷铺盖走人的浑蛋，而妻子的神思坠落在原地，身体向前挪动，却越跑越小，然后他意识到，车开动了。

大概这世界上没有比和谐号更绝情的列车了，即使有，齐彭现在也是不知道的。他只知道，它一开动，站台上的人就缩小了。他的妻子、须旦的母亲，像是站在一片寸草不生的荒原上，一个人提着行李，拿着足够一天的食粮，向他苟延残喘地奔去。她并不是没有时间上车，只是在上车的那一瞬间，被丈夫丢出来的提包惊呆了。那是一个天高云淡的晴好日子，他们合力把这个女人丢在了这片荒原上，而他们的视线尽头也不是眼前的高山，只是丢掉包袱之后的，自由。

一路上他们久久没有说话。只在吃饭的时候，齐彭跟须旦交流了怎么泡泡面相对好吃一些。他们一路乘车到西部。翻秦岭、过隧道，直到眼前一片敞亮，看见平地之上起高山。意识到自己离目的地不远了，才想起打开手机。出乎意料，未接来电不是很多，但也足够让齐彭和齐须旦心烦意乱。他们二人，在到站的鸣笛声中并排坐着，一句话也不说。等到其他乘客都下去了，列车员叫他们。那一瞬间齐彭希望妻子就在车门外，仿佛他只是和多年前一样出了趟远差，他的家眷随时都在外面迎接他。须旦不懂自己为什么莫名其妙地成了同谋，齐彭这么做的时候她没有制止。她也不是不心痛，只是心痛理应是自己的，不该是可以分享的。他们坐了很久，直到像一只索然无味的行李箱一样，被主人拖出这列被遗弃一样的空空如也的列车。

到站了。齐彭长嘘一口气。

到山顶了。须旦揪出一口气。

他们谨慎的步伐突然开放起来，须旦的脚尖有些想跳跃，仿佛鞋底生风，他们都能被送上云霄——她果然还是年轻的。但他们的松懈只这么一下，齐彭的脸又绷直了。

说是山顶，其实也不过是能爬到的山顶。向上没有可通行的路，偶有胆大游客抓着铁链蜿蜒蹚过，眼睛也断不敢朝下看。齐彭屏住了呼吸，再大口张开的时候，觉得不妨一试。他刚和孙方熟络起来时，就是这样的心情。如今他在外地，在这高山上，竟然与过去的自己相遇。这中间的距离是三年，还是五年，已经不重要了。就像妻子站在他们小区的楼下，冲着齐彭歇斯底里地吼道：“几年？到底几年？”她涨红的大方脸把五官烘托得情绪激昂，最好眼睛鼻子一起射到齐彭身上，自己血肉模糊，也要把他砸得沟壑纵横、伤痕累累，才能一解怨气。那天他确实如妻子所想，去了孙方那里，但三个月后，他不声不响地回家了。妻子似乎知道他会有这么一天，好像每一个被出轨的妻子总希望有这么一天。他或许也并不爱孙方，但一定不再爱眼前这个人。年轻的时候她很美，现在也不丑陋，只是他们面对面坐着时，齐彭觉得自己再也没有幸福的可能。他回家的那天是个阴晴不定的日子。气氛绵软，人也闷闷的。他憋着一口气，像小时候从护城河这头游到了那头，他从孙方那里游到了妻子这里。睁开眼的时候他才发现自己这样做了。只是这回，他走了这么远多少有些累，自然还是要把头靠在她的胸脯上。这胸脯上下耸动，像一块气囊，他觉得很舒服，是来自生理的——然，眼前的女人用一声响亮的哭泣打断了他的快慰感。她哭了。这个中年女人，和他生过孩子，吃过苦，也安逸了很多年，性格暴烈却又温柔地在许多时刻照顾着他，平静的时候像一尊母狮子。他靠着她如此之近，只觉得视线也模糊起来。她的泪滴落在他鼻梁上，而她抖动的口臭却激荡出一句话——

“我爱你。”

他不禁哆嗦了一下。

他已经上了峭壁，右脚蹬掉了一颗小石子，铁索紧紧地抓着山体，也抓着他。他像失去了黏力的贴纸，拼命抱着铁索。可它这么大，许多条山缝中传来它的回声，一条条，插入他体内——插入、穿过，仿佛在他身体之上架起铁架。铁架上抹着油，他像被吊打的大鱼，摇摇晃晃，摇摇晃晃，从这边穿到另一边，保持同样的姿势，唇舌出了血，可还是要含住鱼钩。阳光曝晒着他，他感觉自己很快要被晒干了。这样也是好的，他不用再想旁的事情。头脑发昏的时候，他反而不在乎自己的处境。就像如果不是知道了那个消息，他又怎么会把妻子的包丢出窗外。如果不是知道了那个消息，他又怎么会来到此地。他这样想着，感觉山缝中传出的回音一点点组成蛔虫，把他的肝脏缠在了一起。整个山川日月都在他面前蠕动，他脸色通红，像被人拧着脖子。

须旦不远处是几个指指点点的人，他们从刚才就在看着齐彭，如果齐彭上去了，估计还会有几个人跟上去。须旦冷冷地看着他们，而她的对面突然传来一阵坠落声。这声音有点空旷，因为隔得远，像是树叶掉落平原。

“是岩羊。”有人说。

只一秒，须旦感觉有黑影子向上飘去，她的视线顺从地朝向那里——是乌鸦。

“岩羊掉下去了，才有乌鸦来吃。”有人说。

真可惜，须旦想。这些羊，身体修炼成与山共一色，如果不是死，大概也没什么存在感。须旦右手拽了下衣角，揪了一把狗尾巴草，把它玩弄得只剩一条气若游丝的须茎，再远远地抛出去。它体态轻，飘也飘不远，像早泄，在空气中摆了摆手，就垂在须旦脚下了。她默默地走到铁链处，似乎从这里看过去，这条路并不很难走，只要不往下看。她不知道哪里来的勇气，登山鞋在山石上摩擦了一下，双手已经紧紧捉住铁链，她内心有种开阔的感觉，好像大斧一挥，那块纠结的土壤就露出新地。她只需要把新开垦的地表夯实，夯实，夯实。她的背包还在肩头，手机不安分地在里面跳跃着。她不明白到了这高山，怎么信号居然又好了。她不知道是母亲打来的，还是那个人打来的。不管是谁，她都不想过问。在这需要答案的几年时间里，总是没有人明白，没有答案就是答案。她耳边盘旋着几朵细碎的风，如果不是在出神，大概感觉不出它们的走向，正如此刻，她完全可以一头扎进某个山缝。她有点累了，就算是这么冒险，玩一下也还是可以的。她屏气凝神，像在准备一份贡品。她直瞪着头顶的太阳，仿佛自己一路往前，克服尖酸刻薄的风景，就是为了抵达那个位置。她知道自己在准备最后的胜利，或者是一个属于高潮的胜利，为这一刻，她平静了太久。她向前方要抵达山尖的齐彭问道：

“你们会离婚吗？”

齐彭的脑袋还沉醉在攀岩过程中，一半醒着，一半僵着。他脑子里有很多句话来回冲撞，此刻一句都倒不出来。太阳从他头顶的方向落下，不日又要升起——可这并不重要。他嘴唇微张，终于弹出一口气。

“你知道了。”他说。

“你们会离婚吗？”须旦继续问。齐彭曾准备了无数句对妻子的控诉，此刻都甩不出来。他只是趴在这里，而他们像关照彼此生活的困兽，只能在提问中交流。她比她的母亲伶俐，多余的话不会说，带了一点咄咄逼人的意味。齐彭只觉得有些晕眩，如果在往常，他并不会这样。特殊时刻，他多么想平静地度过，然而不能如愿。他手心里攥满汗水，每一滴都牵动着他的命脉。他回头看了一眼须旦，又看了一眼更远的下方，那是灌木丛、四季、万丈深渊。须旦歪着脑袋，继续问着。他有些懈怠，混沌的大脑像装了一个大洲——沧海桑田、火山喷发，都在这里了。他狠狠地把自己的头砸向眼前的山体。一下，两下，三下，像要把自己几十年听进去的歇斯底里砸出来，换回一个新的生命。可这当然不可能。这座山轰隆隆，像岿然不动又正待爆发的雷点。齐彭趴在它面前，身体越来越小，而它越来越大。他想起那家时常光顾的医院，那是他故乡最差的一家医院。反正像他这样的状态，去好的，去差的，也没什么所谓。他时常在黄昏去那家医院，他喜欢黄昏，仿佛来来去去时缺了一层天光的遮罩，状态更自由。他的口袋摇摇晃晃，像寂寥的菜市场，装着一兜颠簸的人生。他感到眼前一片晃动，仿佛周遭随着几个铜佛开始跳跃、坍塌，而他的记忆如山间的风起起伏伏，很快就把自己湮没了。他想起，口袋里有三个镏金铜佛，一个挂在红绳上，一个穿在手链里，一个像钥匙扣，淡漠、轻巧。它们分别装在红、蓝、黑三块描金匣子里，有长有短。另外有一个破旧的是捡来的。他在被检索过的墓群处看见它，它的一角已经碎了，吸引他的是铜佛的表情。他知道它和古玩市场的各种玩意儿没什么区别，大概也是假的，甚至可能是谁买了之后丢掉的。但有什么问题吗？它出现在这里，就是合理的。齐彭把它捡起来，它的背面，也是这块山驻扎的地方，强硬、开阔，就像齐彭无数次希望的栖居地一样让人感到安慰。风从铜佛和他之间穿过，就像饮了泉水，他感觉自己被洗涤干净。然，也只一瞬，他意识到整座山开始动荡不安，先从脚底，接着蔓延到脚踝。不过他不会告诉须旦，反正她明天也要走了。他越发瘦弱了，有时候凌晨三点就从梦中醒来。妻子熟睡的表情像一头酣眠的牲口，身体则如半摊开的煎饼一样挨着他。他通常会用几秒钟时间来酝酿推开她的动作。接着，他坐起来，弓着背，左手捂着腹部，或者挠头。有时候，手臂上的青筋在床头灯的映衬下如一座座侧立的微型峭壁，绵密的线条在手臂上纷纷打结。他自己就是掉落两尊崖峰间的游客，在新的地方绝望，又向新的地方奔去。

那天他也没想太多，从床上爬起来的时候，新长的胡楂一如既往生出一片灰白色，夹杂几根黑色胡须，像是横刮在脸上一道来不及听的闪电。

他洗脸，刷牙，摸出剃须刀。看一眼镜子，后来索性不看。他站立着，骨头却像是绷直的胶带，软趴趴、勉强硬气地僵持在镜子前。仿佛只要有人打过来一拳，身体就能散了架，撒一地，甚至比洗手间外的鞋柜还零乱。

他擎着身体，像一柄晾衣竿，摇摇晃晃开门，上锁，踏过幽暗的走廊，直到尽头有阳光照进来，才发现是个大晴天。他给妻子发短信，说自己已经到车站，嘱咐她起床之后直接来找他。他又给须旦打电话，让她早点出门，不要私自给他们三人报旅行团。他完成这一系列动作后身体有些吃紧，而104路公交车自长平路方向开来。他知道自己要坐上去，他当然也这么做了。杨絮从远处扑来，他的身体轻飘飘的，不像自己的，不像别人的。他的眼睛仿佛被挖出来吊在远方，观看自己一天的生活，这种不自觉、分裂的审视让他紧张。他闭着眼，很快又睁开。他曾希望这条路永远别到终点，而自己永远别下车。不过怎么可能呢，一切将按计划进行。

须旦看见齐彭停在半路上，他像一个逗号一样趴在这张凹凸不平的“考卷”上。须旦觉得烦躁，但她断然不会说出来。手机依然在响着，振动声像一把子弹把她钉死在这山崖间。她只是感到茫然。从那个人偷听她和母亲打电话的时候就感到茫然，就像她在母亲偷听她和那个人打电话的时候也感到茫然。她生命中曾出现过很多让她想保护的人，可最后她发现，该保护的只能是自己——他们是一样的。须旦垂下左手臂。她觉得眼前有黑影，像是很多很多年前就有的那一个。可能是母亲口中得了精神病的奶奶，可能是来他们家借厕所的邻居，更可能是某个小偷。他们偷听过她无数个成长的瞬间。他们的表情、话语，都轧平成一条新路，蹿进她的双肩背包里——那颗如小小心脏一样的滑盖手机。而齐彭，把脸塞进一片杂草中。一下、两下、三下……

像是倒计时，在须旦滴满汗水的、潮湿的眼皮下——她模糊的视线中，这个男人逐渐和山体合二为一，这座山是他躯干的绞肉机。他的身体仿佛泥浆，团团跳下，像一只从未归队的岩羊。

只一瞬，须旦知道那个盘旋很久的黑影跌落了。她闭上眼，再睁开。然后她发现，自己已经到山顶了。

回去的路并不长。如果须旦能更欢快些，说不定路就更显短了。但她的表情是凝重的，脸上挂着一层不会改变的悲哀，一路向前。她途经一座寺庙、一座道观、三十棵如头颅一般的死树。她穿过它们，像真的踩着风火轮。她手里捏着手机，振动耀武扬威地踏过她所走的路，并将浩浩荡荡伴随接下来的方向。她跑着，感觉眼前的山石在视线中晃动。这感觉从她下半身蔓延到上半身，像风浪一样把她盖过。她想停下来不再奔跑，但眼下奔跑更让她觉得安全，或者说，让她回避这一点。她周围已经没有人，只有远处几个在拼命奔跑——看起来，秩序已经乱了。人们像冲入密林中的灭绝生物，随时都能回光返照，却永远不会被拯救。终于，她停下来，而周围的风景开始天旋地转。手机信号仍未被影响，它还在振动。不过这次，须旦不打算让它继续响下去了。

>>> *Part Three*

他们不会知道，门前的很多石狮子是人变的。

我们都将孤独一生

我父母决定离婚时，曾征求过我的意见。

这是一件很棘手的事。因为居高不下的离婚率，在我们国家，离婚的人会变成雕像镇守自家的宅子，而且，雕像永远不能进入家门。即便如此，离婚率还是持续高涨，很多宅子前都堵满了各种各样的雕像，其中，最多的是石狮子。有的家族人丁兴旺，门前简直可以集齐十二生肖。可我家地处楼房，只能另觅空地安置父母。

我父母要征求我的意见，原因就在此。

整个三伏天，为了他们离婚的善后事，我到处寻找便宜的地下车库或者小单间，可最近租金昂贵，一间小地下室的月租居然都要一万。我用尽了在公司谈合同学来的本事，甚至许诺签下十年内不会复婚的条约，还是没有一个房东愿意把租金降到一个我能承担得起的价位。

我试图找亲戚朋友借钱，可最近离婚的多，尽管父母和我多年来充当老好人，听说他们要离婚，都一个个躲得十万八千里。

这引发了他们离婚前的最后一次争吵。争吵的焦点是：到底是谁当年执意买了楼房。我告诉他们，现在即使是自家平房宅子前的空地，也是需要购买的。可他们完全不听我说的，不仅不听，他们还为我打断他们的吵架思路而万分不爽。

那之后不久，他们就离婚了。

在变成雕像的惩罚文件下来之前，我白天奔走于寻找合适的房子，晚上为他们变成哪种雕像未来复婚概率更大而伤尽脑筋。

我准备了几个纸团，上面写着各种神兽和生肖的名字，雕像的种类只能从这里面选。我把它们认真包好让父母抓阄，就像小时候他们在书上抹蜂蜜让我误抓了书本一样，我也把两个最可能复婚的同类神兽的纸团包得更宽大、醒目，试图让父母选择它们。

孰料他们离婚之意非常稳固，根本不考虑离婚征程中的费用，各自选了两个复婚率极低的生肖雕像，一匹马，一头羊。

我很绝望，但说不过他们，只能顺从，毕竟十五年之后，雕像的安置费用将由政府承担。十五年虽长，总好过一生。

我卖了家里的房子，租了城郊一间小平房，那里时常断水断电，来回公司需要五个小时。但想到十五年后的幸福生活，我忍了。

就这样，我父母愉快地离了婚，我也成了一个房奴。

为了维护雕像的簇新，我每周都会去他们所在的地下室擦洗他们。地下室没有水电，我就从远处提水，储存了大量洗涤剂和一个吹风机。这些工作往往须耗费一天的时间，但我乐此不疲。坦白说，他们刚离婚的那两年，我无时无刻不希望他们幡然醒悟然后复婚，我也早点结束房奴的生活。两年过去了，我发觉这是徒劳。

我租下的这间地下室位于解放东路尽头。懒得给父母擦洗的日子里我会在这里灭蟑螂——自从成为穷困潦倒的房奴，我就没有社交活动了，在这里待着倒也能打发自己的无聊。

我这样过到了他们离婚的第五年，然后日子就不同了。

那时候我已经升任公司某部门副主管，这份工作的好处是我得以租住一套位于市中心的一居室。我的社交活动重新多起来，甚至也把开公司划入未来日程。有时候忙起来，一两个月也不会去看一次父母。毕竟房租我一口气付了十年的，不去也没人提醒我什么。

我也开始和女孩子约会，她们年纪都比较小，二十二三岁，总把自己装扮得像三十岁。不过这也不错，她们都学着不黏人，倒很合我心意。可有一天，我还是接到了一个双鱼座暧昧对象的拉黑短信，她告诉我，不会再联系我。我不知道哪里出了问题，想来想去可能就是因为没给她一个明确答案，比如，我们是不是男女朋友。

那天下了大雨，因为这条短信，我和女孩子晚上的约会宣布告吹。我百无聊赖地走出去，打着伞，漫无目的地走在街上。我想起明天开始是我的年假，决定去看看我的父母。

这次探望让我发现，他们浑身都洗得很干净，可能比几年前他们刚离婚变成雕像的时候更干净。

我也发现了他们容貌的变化，我妈妈原来明明是马的雕像，现在已经变成人形了，爸爸也一样。

他们身体的各个角落都泛着白光。我使劲抬起雕像一角，发现底座都是干净的。

我不知道谁在我不在的日子里帮我擦洗父母，思来想去感觉没有人会这样做。我又检查了房屋，发现根本也没漏水。我灭了一遍地下室可能会出现的各种生物，把房间打扫到最干净，决定在这里待上一周。如果有谁来，我一定会看得见。

我支起睡袋，一头挂在母亲的头上，一头挂在父亲的头上。躺上去，睡袋会摇摇晃晃让我头晕，但也变相缩短我进入梦乡的时间，感觉还不错。

我做了很多梦，醒来的时候发现自己躺在地上。

我身上布满摔伤后的青紫色痕迹，而父母之间的距离也显然比之前近了很多。

我有些莫名的恐惧和欣喜。我第一次怀疑，负责擦洗父母的其实是他们自己。毕竟，复婚的征兆就是雕像之间距离变窄和变成人形。

而经过这次距离拉近之后，父母完全变成了人形。

我从没想过他们真的会复婚，可这一天真的就要来到，我也感到高兴，尽管我已经没那么穷了。

复婚的过程很顺利。我向有关部门报告了父母的近况，头头儿们批准他们复婚。我退掉了地下室，宴请了亲戚朋友，他们很乐意和我的一家重新建立联系。我们在舞池中间跳了一场群舞庆祝这一切，父母的雕像就摆在正中间，我们都在等待他们活过来的那一刻。

我们跳了三天三夜，他们还是没有醒过来。

再过了三天三夜，他们褪去人形，变回最初的雕像。

我绝望了，一切仿佛被打回原形，升职的愉悦也不再能改变一切。

我接了几个项目，凑够了新房首付，买了车，把父母的雕像安置在车库。

有时候我会从外面带个姑娘回来，把车停进车库，和她做爱。每个姑娘完事儿后都会拉下车窗，对着不远处我父母的雕像问："你父母离婚几年了？"

到第二十个姑娘这么问的时候，我发现，我忘记他们离婚几年了。

这些年，我看到过很多次他们变成人形，又渐渐变回最初的雕像。有次我以为他们真的要复婚了，因为他们越挨越近，直到完全拥抱在一起。结果他们还是没能真正复婚，我也懒得再去申请什么复婚仪式。

最近两年，抵制离婚的雕像政策也被政府废除了。有时候我看见父母的雕像，觉得那是他们的骨灰盒。

可即使他们身上落满灰尘，我每隔一段时间还是能发现这种状态的反复——变成人形，再在复活的那一刻变回动物形状的雕像。我的父母，他们总是在濒临复婚的时候被打回原形。好像每一次他们预感自己要重新开口说话，都会对自己说闭嘴似的。

有一天，一个新的姑娘摇下车窗，跟我解释了这件事的根本原因。

这个新的姑娘是我要娶的，至于为什么娶她，大概也是基于一些荷尔蒙的原因，虽然我们会遇见很多次荷尔蒙迸发的时刻，但总有那么一两次更为激动人心，我觉得这个姑娘就是。虽然我不知道这感觉能持续多久。毕竟，因为没有组建家庭，我不认为我的心态完全是中年人的。

此刻，这姑娘就坐在我旁边，朗诵一样看着我父母的雕像说道——

“你父母之间是很相爱的。”

“那为什么不复婚？”我条件反射地问道。

“也许你父母只有这样才可以在一起呢，说不定他们也喜欢这种方式啊。这毕竟也不算特别差的结果啊。”她说，“何必如此悲观。”

我感到有些神奇，毕竟我已经四十好几了，父母离婚也早已超过十五年的界限。这姑娘和我不是一个时代的人，按理说，在政府的封锁下，她不该知道我们当年的政策和往事。

“我们那条街都是这样的雕像。”她继续说，“我家门口就有两个，据说是谁家不要的，两只石狮子，就跟古代的一样，不过那两只比你这边的脏很多。他们以前一定像两个仇人，完全过不下去。”

我被姑娘吊起了胃口，跟随她去了其位于老城区的家。

那里确实有很多动物雕像，有些雕像在我们面前不断从动物形态变成人形，再变回去。

“难道他们也相爱吗？”我指过去。

“有可能啊。相爱才会反复，只是并非每种相爱都是好的相爱而已。”她故作老成的口气突然让我对她厌恶起来。

不过，我还是决心陪她看完整条老街。

因为不是本地人，我很少来到老城区，更不会知道，好几年前，因为搬迁和钉子户，许多雕像都被堆在这里了。变成雕像的离婚父母们和美术学院门前丢弃的废弃雕像一道，成了已经修缮的老宅门前的镇宅之宝。许多游客会去那里听一个个导游解释“门当户对”的由来。他们不会知道，门前的很多石狮子是人变的。

我跟姑娘一路走到她的家里。她为我打开了她家的地下室，我发现那里也有很多雕像，越往里走，就看到了越多的雕像。这些雕像活灵活现，尽管布满灰尘，还是能看到原始的模样。他们有的挨得近，有的离得远。有的甚至在我面前移动，走向另一座雕像，甚至还有的雕像彼此拥抱。这一堆史前文物般的雕像，因为保存完好而让人觉得虚伪。他们矗立在这里，仿佛讲完了一整个时代的故事。

再见，父亲

这个夏天开始的时候，父亲长出长长的体毛。

在此之前，奶奶长出智齿，妈妈长出尾巴，叔叔则长出鱼鳞。

我觉得，秋天到来之前，我家将变成一个动物园。哥哥已经着手策划这件事了：“你觉得我们收多少钱门票比较好？”

“五块。”

“太少了。”

“相比这个问题。”我说，“为什么你不先想想如何把他们拴起来？”

我们的目光越过空荡荡的客厅，听着来自不同房间亲人的呼救。因为父亲刚刚开始长毛，所以还能继续上班，可别的亲人们已经异化得有些严重，只好被父亲锁在房间里。他们或发出嗷嗷嗷的声音，或猛烈撞击门窗，把整栋房子搞得十分闹腾。

此刻时针指向六点，哥哥和我交换了一个眼神，我们随即躺下玩“死人”游戏。

往常装“死人”的时候，我总是睡着，可这一次，我异常清醒。

我们屏气凝神，听着来自走廊的声音。

父亲果然准时回到家了。他开了门，发出一声低沉的号叫，走到我和哥哥的床前，推了推我们。

我和哥哥团结一致，继续装死人。我父亲突然有些急了。异化之后，他就变得很笨，而且暴躁。他又使劲推了推我，我还是没有动。父亲突然很难过，在房间里跺脚。

过了一阵，他猛然凑到我的鼻息处。

时候到了，我和哥哥很快从身上抽出尼龙绳，一人负责双腿，一人负责双手，把父亲捆了起来。

可他毕竟力气很大，这种捆绑并不能将他绑得牢靠。父亲躺在床上，仇恨地看着我们，可他已经说不出话来。

“接下来怎么办？”我问。

“修铁栏。”

哥哥表现得非常麻利，我们第一次这么默契。

在对比了全城工匠的价位之后，哥哥找到了A。他收费低廉，但是活儿不错。更重要的是，他也开始异化。

我知道哥哥心里已经开始打小算盘。我瞅着家里三层的小楼，不知道这里能住进多少个异化者。

“不对。”我哥哥突然站起来，“这样太不划算了。”

“怎么？”

“难道还要让‘动物们’住在人的房子里吗？”

我们的父亲还在床上挣扎，我们已经开始思考他的去处。

“要先找到让他们尽快变成动物的方法。”哥哥说。

“据说吃生肉可以加快异化进程。”

此刻已是黄昏，但哥哥仍然精神亢奋，他让我看管好父亲，自己跑出去买了二十公斤的牛肉。

是另一个异化者帮哥哥抬回来的。

“难道你不吃一些吗？”异化者正要把肉丢给父亲时，哥哥突然说。

异化者愣了一下，很快露出笑意，他拿起一块带血的肉直接塞了进去，然后发出一长串狼的号叫。

我们就这样擒住一只狼。

铁栏修好的时候，我们又擒住了变成熊的A。

而我们的父亲，也变成狮子三天了。

随着动物园对外开放的日子临近，我和哥哥渐渐变得很激动。

我们印刷了三百多张小广告送到城里各个角落，可惜，我们发现，异化者比正常人多多了。并且，正常的人都是像我和哥哥这样的小孩子。

“怎么办？小孩子有什么钱？”我一屁股坐在马路牙子上，其间看见一只鸭嘴兽冲我微笑。

“既然成年人都变成了动物，那钱不就成了小孩子的吗？”哥哥说。

“可很多人根本还不懂如何使用金钱。”

我们没有商议出好的对策，只好先回了家。

父亲、妈妈、奶奶、叔叔已经吃完了今天的鲜肉，可我和哥哥发现已经没有钱再购买新肉了。

我们这才发现，原来家里这么穷。

之前因为太激动，我和哥哥已经好多天没有吃东西，更重要的是，街上已经没有人卖食物了，无数个少年和我们一样没有东西吃，不会做饭又没有原材料的我们，吃完了最后买给亲人们的生肉后山穷水尽。

我哥哥因为身体强壮，成了一票少年的头领，我跟着他混，自然也是小头目。我们决定每周抢劫一户人家，用抢来的食物维持我们自己以及亲人的生命。

这个想法一开始没人响应，但随着严重的饥荒，大家渐渐默认了。

抢劫很快到了尾声，全部异化的家庭已被洗劫一空，只好挑选队伍里少年人的家来抢。年纪小的孩子用剪刀石头布决定抢劫次序，年纪大一些的，比如我哥哥，凭拳头让自己排在很后面。

少年人越来越少，可抢劫的范围也越来越小，能喂给父母的已经不多了。于是，我和哥哥决定选择性喂养。

我们淘汰掉了和我们关系最不好的奶奶和叔叔。很快，变成猩猩的奶奶和变成鲸鱼的叔叔就饿死了。

我们把它们大卸八块后分给小伙伴们，他们取了食材店最后一批辣椒，饱餐了一顿。接着，我们开始大批量捕杀其他异化者，但毕竟异化者也多是其他少年的家人，猎捕行动总是会遇到各种阻力。很多少年因此丧生，甚至还有的，是被已经没有人格意识的异化亲戚咬死的。街头突发事件不断，但没有人能真的阻止这一切。不过，我们因此多了一些可吃的。可这样的日子最终没能持续很久。

经过数次的猎捕，我们的队伍越来越小，现在，只剩七个少年了，而且他们即将十八岁，很快也会异化，我哥哥就是其中之一。

无奈，我只好当了头目，并指挥大家杀掉除哥哥以外的其他少年。

哥哥异化后，我把他带进装着父亲的那个房间，希望他们和平相处。可父亲显然不这么想。

变成狮子的他没有因为曾经是人就放过变成麋鹿的哥哥。

我很快看到哥哥的骨头，完全哭不出来。翻看下日历，我知道，我也不需要太久就会异化了。食物越来越少，有的来不及装冰箱冷藏起来就腐烂了。我知道我会异化并被吃掉。我已经看到了他们绿色的目光。

我决定展开一场屠杀。

我先锁定的是最小的那批孩子，因为他们最危险，等待异化的时间最长。他们死后，我发现只剩下三个少年了。这其中有我、A的儿子和我哥哥的朋友。

我们面面相觑，不知道谁杀死谁。

“放出你父亲吧。”A的儿子提议。

“放出你妈妈吧。”我哥哥的朋友提议。

我照他们说的做了，可我的父亲母亲却让我失望了。

它们只是盯着彼此的眼睛，慢慢走向对方，居然进入了彼此的身体。

我这才发现我妈妈也是只狮子。

“太可怕了。它们在做什么？”我哥哥的朋友说。

接着，他们找出了我们最后的武器——石子。

无数个石子向两只狮子砸去，我妈妈很快就死了，临死前，它发出一声呻吟。

我父亲还活着，并且仇恨地看着我们。它向我们走来，A的儿子和我哥哥的朋友选择了逃窜。我突然很厌恶他俩。

我杀了他们。

我的举动震慑住了我父亲，他不再向我走来。

我很快也将十八岁，也会长出一些奇怪的东西，就像走向我的父亲，它眼神冷峻，高大魁梧，我将被它轻易震慑——可我不会这么做。

我使劲往前跑，跑到全城的高处，我拿出无数个石子，它们像身体定期的血水一样流出，流淌到我的指尖。

我把它们丢下去，丢到我父亲的头上。

我知道它会死，而我将感受它的血温。

请不要倚靠电梯

我和我的小伙伴一起去林祥一家。

她的妈妈站在门口迎接我们。

林祥一家很有钱，装修华美，上下两层，楼顶还有个游泳池。

林祥一告诉我们，如果我们吃晚饭的时候不掉饭粒，晚饭后可以和她一起游泳。

但我根本不喜欢游泳，我只想掉饭粒。

林祥一吃得很精致，像她的头发辫一样精致。她的妈妈在一边颔首微笑，像雕塑。而时钟的指针在她的咀嚼中缓缓滑向十点。

我焦虑地敲打我的钥匙。我的汗手把它们弄得油腻腻的，把桌子也弄得油腻腻的。

“不用怕赶不上地铁，我送你回家。”林祥一看出了我的焦虑。

“可我们还没有游泳。”朋友小A说。

林祥一没有睬他。

“来日方长。”她老成地说。

指针终于指向十一点，小A短暂地游了一个来回。我继续摆弄我的钥匙。我的汗手把它们弄得油腻腻的，把泳池的梯子也弄得油腻腻的。林祥一坐在我附近颔首微笑，像一个夜色中缩小的她妈妈。

汽车从不远处驶来，她娴熟地跳上去，小A吹了一声嘹亮的口哨。我继续摆弄我的钥匙。

“你为什么会有这么多钥匙？你们家房间很多吗？”

我看着林祥一，她习惯性递上她的手袋，而我本能地提上了，然后打开车门。

林祥一惊讶地叫我一声。

我穿过无数人潮，没有听见她的声音。

我跑得很快，小小的身躯很容易就穿过无数个人体缝隙。因为攥着林祥一的棉布手袋，我的掌心变得很干燥。每当掌心变得干燥，我就感觉到自由。

我健步如飞，终于踏上了扶梯。林祥一站在我的背后，不知所措地看着我。

我笑笑：“给你。”

“我只是想让你帮我拿一包零食。”她小声说。

我打开手袋，只有打开了我才意识到，小小的手袋里居然还可以存这么多东西。

我边打开手袋边走上扶梯，林祥一茫然地跟上来。

扶梯上升，广播响起。

“请不要倚靠电梯。”

“请不要倚靠电梯。”我对林祥一说。

她严肃地看着我，我也像她一样严肃。我的汗手在电梯上划了一下。果然，掌心不攥着点东西，始终都油腻得让人难受。

“你该下去了。”我说，“送到这里就可以了。”

小A又吹了一声口哨，他已经站在扶梯最上面。

林祥一和我也很快上到扶梯的最上面。

我微笑着把她的手袋递给她，她也转头看向我，但她没能看多久。

在小A更大的一声口哨中，我们都看见，林祥一趔趄了一下，头发卷进了电梯。她茫然地向我伸出手，可我手汗太多了，没能抓住她，她整个人滑了进去。

她的身体在扶梯里铺成了一面纸，而我和小A站在扶梯上，看着她从我们脚下流过，像一张阶梯状的钢铁网地毯。

“我们走吧。”

小A在空气中没有吭声。

“你走得很慢。”我继续说。

没有人回答，而我吹起口哨。

我的周围空荡荡，并将永远空荡荡下去。

我很快走回我的车里，这一次，我变高了，我知道我终生都会这么高，从此艰难地穿过人潮。

昨夜星光璀璨

在我很小的时候，我爸爸就死了。他死得很平常，是笑死的。我们家族每隔几年都会有一个人笑死，因为整个家族都比较无聊，只能自己逗自己笑。如有的家族喜欢真人CS，有的家族喜欢全民Dota，我们家族只喜欢自娱自乐。

从我家门口走到市中心，有很多露天小酒吧，悠闲的人会点上一杯酒，喝几口就开始给自己讲笑话。有的人笑话很长，只能无限续杯。有的人笑话很短，讲了一个就直不起腰来。我们家族的人很有节操，从来不偷听别人的笑话——这是心照不宣的一条准则，可我爸爸违反了。

这要说到我爸爸的病，这病是家族里很多人都有的，叫自言自语无能症。

集中表现在，他们不能像别人那样聚精会神地自言自语，因此，也不能自己逗自己笑。这让此病的患者每天都处于强烈的无聊和自我厌弃中。

为了打发无聊时光，我爸爸只好在露天吧台听着每个人的笑话，这些笑话都太好笑，可他也得到了违抗规则应有的代价。

他在一个黄昏因为笑得太久，肌肉形成惯性，一直笑到了第二天早上。

然后，他就死了。

我爸爸的死并没有让我感到痛苦。毕竟现在生活成本这么高，我爸爸还患有自言自语无能症，我又要买房，根本不知道什么时候能混出头。可我爸爸死了，还有一笔赔偿金——来自露天小酒吧。

我们家族人人情同姐妹，即使一个陌生人躺倒在大街上，也会有人争先恐后送他去医院，更不用说生前曾给大家带来完美笑声的我爸爸了。这在别的家族是不可能的，但在我们家族是可能的。

于是，我爸爸死后经历了一场隆重的葬礼。全城的百姓看着他的棺木渐渐沉入最贵重的墓区，每个人都流出了伤心的眼泪。

眼泪流最多的是我妈妈。

我本来以为她不会哭的。因为她在爸爸死前三个月出轨了，她已经准备与他离婚。可死亡来得太突然，我妈妈的恨意消失了，我爸爸也成了一位完美丈夫。

那段时间，只要去菜市场买菜，她准会提起我爸爸。我听她讲起的时候，总觉得她说的是一个陌生人。

忠贞、善良、聪慧、果决、磊落……简直是人间极品。

在我妈妈的讲述中，没有人不流泪，没有人不感到痛苦。毕竟我们家族道德感非常重，我们不会对别人的悲伤袖手旁观，因此别人也只能为我们的悲伤而悲伤。何况，这类悲伤故事本就非常受欢迎。我妈妈因此受邀去全国各地演讲，我那分布在全国各地的兄弟姐妹们都为这个故事流过泪，笑过场。我们还收到了很多锦旗和感谢信，我的爸爸仿佛成了所有人的爸爸。

笑死成为一种光荣的死法，我们家族笑死的人也渐渐多了起来。

这本来没什么，不过墓地价格突然飙升。很多人忙着给父母买墓地，生怕被别人抢去，墓园老板因此赚了很多钱。

可随着笑死的人越来越多，接到族长指令，医院不再给笑死者颁发死亡证书。

在我们家族，只有拿到死亡证才能下葬。若没有死亡证，一些人脉广的人能有一块存放骨灰的小小墓格，普通人连墓格都不会有。

为了反抗族长的死亡证律条，我爸爸死后的第三个月，以他的遗像为图腾的“笑死人俱乐部”就成立了。

笑死人俱乐部多由笑死人的直系子女组成，他们浩浩荡荡从城东走到城西，把俱乐部宣言传播到全城，壮大了笑死人的队伍——很多人听了他们的解说都笑得直不起腰来。

但是，笑死人俱乐部的队伍没有继续壮大。这件事引起很大反响，我爸爸被剥夺了死亡证，正式列为全网通缉要犯。

罪名是：巨婴罪。因为他不能通过自言自语让自己笑起来，而是要不断听别人的笑话来让自己笑起来，被认为是长不大的婴儿。这个巨婴的死，也成为整个家族的谈资，吸引着更多人想要笑死。

荒诞的事情就此发生，我爸爸成了个通缉犯，可他成为通缉犯前就已经死了。

这件事对我妈的影响很大，她整日对着我爸的遗像泪流满面。

我没有安慰我的妈妈，因为她整日对我讲述爸爸的英雄事迹。在她的逻辑里，正是这些英雄事迹成了爸爸变成通缉犯的重要原因。

我妈妈说，一定要做一个平庸的人，这样才不会被记住，这样才能安全地活下去。可我爸爸本来就很平庸啊，我实在想不出谁还能比他更平庸。

然而，笑死人俱乐部的宣讲会还在如火如荼地进行，我妈妈因为父亲的缘故成为俱乐部头目，因为现实中我们都混不下去了——母亲被单位辞退，我找不到能接收我的学校，每天耳边都是污言秽语。我妈妈收拾了重要物品，正式成为游行队伍的头头儿。她的演讲是散文式的，多数围绕爸爸生前的丰功伟绩，比如他生前的情人成了受他恩惠的善良女工，而我则成了爸爸在医院病床上领养来的小孩。

这话说得倒是很对：每个小孩都是从医院捡来的，被一对自称爸妈的人领养。

我妈领导的游行势头很好，在睡梦中，我都能听到起夜的我妈妈在对着爸爸的遗像讲述她这些天做的事情。她对爸爸说话的时候，仿佛他还活着。

为了让她开心一点，我时常会在夜里冒充父亲和她对话。我已经变了声，是一个高高大大的男孩子，母亲却总对此视而不见。我们对话的时候，妈妈会在对话中问我声音怎么变得这么年轻。

我说，死去的人青春永驻，灵魂只会越来越年轻。

我们的对话非常顺畅，几乎没有谈不下去的时候。我妈妈醒来的时候总是面色潮红，像一个恋爱中的小姑娘。

她十分喜欢在第二天对我说这一切，我就假装恭喜她。

偶尔，我妈妈还会在起夜时问我，“那边”天气怎么样。

我会说没有雾霾，天朗气清。我不再喜欢讲笑话，虽然我还是集中不了注意力。我所在的这个地方人人都很严肃，他们不喜欢讲笑话，也不会笑，他们喜欢组织各种搏斗。胜利的人要假装没那么兴奋，输了的人也不能轻易流眼泪。

我妈妈说："你那地方好严肃啊。"

我说："严肃的地方才没有雾霾，晴朗无边，夜里才星光璀璨。"

寂寞芳心小姐

一到夏天，我妈妈就封锁了家门。不仅如此，村子的大门也封得死死的。整个村庄恨不得盖一张塑料大棚，把举目看到的一切都锁得死死的。然而，即使这样，我妈妈还是把屋子用泥巴糊了一遍。她这样做之后，多半会踮起脚尖，透过窗玻璃哀叹一下外面炽热的阳光，对我们讲那个老生常谈的妖怪故事。

故事的主人公叫老猴精。

它很喜欢在夏天午后走在田野里。但它和我们不一样，它的身体不是柏油构成的，它的双脚也不会被太阳晒化，更不会粘在路上。它喜欢守在村子里最灼热的那些马路上，等待那些不安分的小孩子跑出来，在他们双脚粘住的时候，一把把他们擒住，啃食他们的手指。

"老猴精喜欢吃小女孩，尤其是你这样的小女孩。"我妈妈每次说完都会加上这一句，然后转过身，严肃地补充，"现在知道为什么让你们不要跑到太阳底下了吧？”

我反正是不会跑出去的，倒不是害怕老猴精，而是担心太阳把我的身体晒化，我又要变矮了。

我们村子里的人从出生到长大，身体会渐渐萎缩。每一次擦洗身体，身体的柏油就会薄一层。濒临死亡的时候，很多人只剩下小拇指那么大。

我记得有年冬天，村头的驼背鳏夫在很多人的眼皮底下越来越小，渐渐就变成一摊污水。而村子里的人们继续聊天，仿佛谁都没有看到这一幕。

这让我难过，我坐在原地哭了起来，他们都狐疑地看着我。有外地回来探亲的人问我是不是跟驼背鳏夫是亲戚，不然怎么哭得那么伤心。

正因每个人都要面对身体越变越小的现实，先天身高不足的人们往往会在中年之后的某一天自杀，年轻时候就得了重病的呢，也会选择临死前的某一年自杀——毕竟这是唯一能阻止衰老，也就是身体缩小的方法。

我八岁的时候，就曾经穿过一片树林，那里都是吊死的人，他们姿势各异，表情安详。他们的葬礼办得很隆重，没有人哭，人们说这叫喜丧。而我想的是，到了另一个世界，他们的身体或许不会再融化了。

而此刻，在这个被喻为村子历史上最热的夏天，即便是躲在阴凉的房间里，也感觉浑身冒汗。

墙壁间有几块泥石滚落下来，我妈妈赶快用我的奖状封住了它们。我知道如果我想跑出去，完全有力气推倒这面泥墙，奔向更广阔的世界。可这毕竟是下下策，我还是不希望我的逃跑惊动母亲。因此，我虔心期待着夏天的结束，只要立了秋，全村的小孩子都被放出来，我当然也不例外。每年那个时候我都会在黄昏的时候走回家，我妈妈也从不觉得我会离开，可这次我必然要让她失望。

我没有等太久。

那天来了很多吊车。

它们很高大，每一辆都能把巨石高高抓起，甩进碎石机里碾成小块，工人们再一部分一部分铺在泥巴路上。据说，这样的小路，我们双脚即使融化在石子上，也依然能抬脚走路，最多是脚板上沾满灰色石头罢了。

老人和小孩都跑出来看新鲜，我妈妈因为墙壁错过了这一幕。而爸爸，他依然在卧室里睡长长的午觉，全然不知夏天即将过去。

这是一个美妙的时刻，我的朋友们都走出了家门。我们决定利用每一年这个难得的时候去远处转转。毕竟，秋天开始之后，我就上四年级了，熬过了四年级，身高会越来越矮，因为初中离我们的村子很远，必须翻过两个山头才可到达，一路挥汗如雨，每天我们的身体都在变薄。

“我们会不会最后变成纸片？”小伙伴A每次都会这么问。她已经十三岁了，不像我，还只有九岁。在我们村子，十岁以下的孩子变化不大，十岁之后，每年身体都会缩小一圈，这几年全球气候变暖，身体缩小的进度比以前快了很多，很多人三十岁都没有熬过就化掉了。

所以，我们虽然年纪小，却是村子里最高大的人，想起来就很怪异。

我和小伙伴们一路向北，准备穿过护城河到不远处的镇上，那里有很多木船，可以渡我们去火车站。我已经九岁了，还没有去过火车站。我妈妈说，像我们这样的人，走上铁轨一定会被晒化，再也回不了家了。可我已经走出家门那么远了，怎么可能再回去？

我们一路走着，有个小伙伴太累，在马路牙子上坐了一会儿，屁股就挪不动了。他苦闷地看着我们，我们也苦闷地看着他。可没有谁敢把手伸向他，万一被粘住了，谁都走不了。大家就是这么自私。

可我毕竟是学过《羚羊飞渡》的优秀小学生，老年羚羊可以为了种族的繁衍，让青壮年羚羊踩着自己老弱的身躯跳到安全的对岸，我们又为什么不能继承呢？

我这样想着，大家也这样做了。我们在这个小伙伴化成的柏油里立了块牌子，并记下了这条路的名字，预备回到家乡后告诉他的爸爸妈妈——如果我们能回去的话。

我们一行人已经走到了镇上。想来小孩子是有特权的，因为身材比成年人高大，他们修建的马路我们几步就跨过去了，而餐馆里面，他们也是好几个人合力，才能做一顿我们的儿童套餐。

所以，不少餐馆高薪聘用童工。这些童工因为常年干活，身材比我们这些小学生还要粗壮，食量当然也不用说。可是国家保护未成年人，儿童套餐的费用依然比成人餐要便宜。而且随着营养越来越好，小孩子的智商甚至比成年人还要高。这从我妈一直用纸补泥墙就可以看出来了——怪不得现在的家庭都需要好几个大人养一个小孩。

我们一面嫌弃着各自的父母，一面在餐馆用了餐，最后我们发现自己没带钱。

“跑。”伙伴C说。

我们跑得很快，C却摔倒在路上，被我们踩踏过去，已经是一张柏油饼了。

我感到难受又无聊，不过是出走了一会儿的时间，已经折损两个小伙伴。我郁郁寡欢，走在路上也不积极了。眼前唯一的念想只有火车了。看了火车就回家，我暗暗想着。

我走得很快，几乎把队伍都抛在了身后，可他们仍然紧跟着我，走不快就跑步，总之，我看见他们的时候，他们都气喘吁吁的，并愤恨我的腿为什么长这么长。

我扭过头，才发现黄昏已经到了，刚才一定又是不自觉把黄昏下的影子按在了腿上，才显得腿这么长。可我懒得解释，我只是感到无聊。

这条路越走越长，我的腿也越来越长——为了走得更快，我消耗了很多影子。有时候我这周用的还是1号影子腿，下周就用的是2号影子腿了。那两年影子卖得很贵，因为成年人越长越小，大部分人只能靠安装影子腿才能走得更快。可影子腿也让夕阳很把自己当回事，有时候为了赶路，我也不得不讨好它，比如承诺长大后一定颁布法令，让童年柏油人每年贡献部分柏油贴补成年柏油人，帮他们维持身高，不至于变成拇指头那么大，连碰瓷时，对方都看不见。每当这样说的时候，我总是能想到我妈妈，想起她娇小的身躯补墙壁的身影。说起来我离开家很久了，这一路除了赶路和吃霸王餐，日子毫无亮点。

唯一可喜的是，我终于快见到火车了。

不过没什么人陪我见证这一天——伙伴A途径开发区的时候，被临时拖去当柏油马路的原料；伙伴D在游乐场成了旋转木马的铁蹄；至于伙伴E，他中途选择回家，被烤死在回去的路上。

他们死的时候我就在边上。我其实并没有感觉特别难受，毕竟最开始他们只是我离家的掩护，没想到掩护出了情谊，他们的离开让我感到愧疚。看火车本来是我的个人行为，此刻也演变成集体行为。我把小伙伴们的衣服穿在稻草人身上，举着它们和我排排坐，这样我就显得没那么孤单了。我突然觉得这次旅途没什么意义，唯一没办法的是，一个新的夏天又来了，太阳炙烤着身体，我断然不敢走入。只是即便如此，在阴凉的树下，我也能听到身上的柏油渐渐变软的刺刺声。随着绿皮火车呼啸而过掀起的一阵热风，我的身体像一根撕开的猪大肠，所有的器官都倒在了铁轨上。我想站起来把它们缝合进体内，但身体实在太软，完全撑不起来。

我的身体随着意志渐渐躺下，这让我觉得舒服极了。铁轨上方有风飘过，我觉得自己越来越轻。我看到另一列火车朝我驶来，但我并没有躲开。我知道，它将带我去更遥远的远方。

猴

事情起源于一次不开心的就餐经历。

L同学当时还在国内某4A级旅游景区流连，临近中午发现没带干粮，只好随人流走进附近一家酒店。酒店装修不错，服务员十分热情，全身上下透露出圈钱嫌疑。不过既来之则安之，何况酒店内居然还有个佛龛，散发着香气。

正欲点菜之际，一个眯眯眼服务员却把他按住了。

事后的讲述中，L多次表示一定是佛龛里香精的迷惑作用才让他错进了服务员所指的包厢。

包厢里非常热闹，确切说，每个人都很焦虑。L注意到，服务员把所有的门都关得严实，有人敲打窗户，搬弄铁索，甚至言语威胁，但服务员就是没有开门的意思。

五分钟之后，众人看到一个圆胖男人提着一只猴走了进来。与之相应的，是一整套擦得铮亮的厨具。作为广东人民的好儿子，L用他的直觉判断出这是烹猴的节奏。

果然，圆胖男人随即磨刀霍霍，猴却铆足了劲儿往前一跃，跳到了房间正中央。

猴看了众人一眼，最后定在了圆胖男人身上。它表情哀戚，瞳孔闪烁，似有泪光，它没有迟疑太久，很快跪了下来。

随即，它做起了求饶状，双“手”握在了一起，不停向下叩、再扣，头也向下叩、再叩。可圆胖男人仍然笑盈盈，一动不动地看着它。

事后，L用很多字去形容当时的心情。所有的顾客，包括他，几乎全忘了自己莫名其妙被锁起来的事实，像臣子一样请求圆胖男人放开这只猴。可圆胖男人始终不动。混乱的求饶戏码上演到晚上，圆胖男人还是没有放弃下手的意思。

接着，人群倦怠了，最初是一个声音，最后是一片声音。

他们的问题只有一个——何时杀？

这一屋子的人，从来不关心彼此的死活，现在却全部关注起一只猴的命运，尽管前后态度截然不同。

圆胖男人仍旧微笑，直到众人的倦怠引发了争吵，争吵模式可参考每天地铁上戾气满满的乘客的表现。

总之，喧闹持续了相当一阵。

直到大家再次安静下来。可这次，没人再关注猴的死活。这只猴，刚开始很多人为它求饶，然后没有人为它求饶，最后它自己也不再求饶。

然后，它死了。

猴的死变得很让人期待，毕竟饿了太久，大家满脑子只有食物了。可烹好的猴肉并未及时送到每个人的餐盘中。圆胖男人一次只端出五盘食物，人们轮番哄抢，最后洒在地上的只剩下汤汁。

众人没能吃太久，等到再伸出手的时候，每个人都发现自己长出了毛，并且手指又瘦又长。

“汗毛变长？”我问。

“当然不是啊，是真正的毛，猴的毛。”朋友的眼中泛出绿光。

L继续说："越来越多的人发现自己的异样，全屋的人都变成了猴。原先那盘猴肉看起来倒像人肉。圆胖男人已经不见了，无数只猴寻找出去的路径，可它们只能发出猴音。"

"不要再编瞎话了。"我嫌弃道。

"当然不是瞎话。"他斜眼。

"都变成了猴，难不成只有你是人？"

"我当然是啊。"我的朋友含笑。

说着，他提着刀向我走来。

你走之后，我开始对着墙壁说话

我上中学的时候，总是希望在学校逗留一小时再回家。这个癖好我坚持了两年，直到有一天我妈发现我放学的时间是九点而不是十点。不过，那两年每天被我消磨的一小时，还是让我感到极大的满足。若干年后，大批鸡汤写手在微博和朋友圈刷科比那句"你知道凌晨四点洛杉矶的样子吗"，我总是会想到2007年、2008年晚上十点澎湖中学的样子。

挨着护城河的澎湖中学一到晚上就空无一人，视野辽阔。

我人生中没有多少时刻比这更幸福。

但幸福总是短暂，我仍然要回家。回家其实不是坏事，只是我不开心罢了。我像汇报工作一样坐在我父母面前，对他们陈述一天校园的见闻——这是因为每次进入新学校，我的班主任总会告诉我爹妈：“哎，张由子都不跟同学们说话，是不是有什么困难？”而我单纯的父母听到这一切，总会火急火燎地到学校盘问我到底怎么了。

要我说，完全信任老师的家长真的不是好家长。

我呆立原地，什么都说不出，至多蹦出一句“我就是不知道说什么”。

可这显然不能让他们满意。他们觉得，我一定是有什么事情瞒着，所以才不和同学们说话。

我告诉他们，我每天按时交作业，上课认真做笔记，简直无懈可击。

但他们随后的问话摧毁了我的自信。

“你放学和谁一起回家？你课间上厕所和谁一起？实验作业和谁一组？这次班级评选有没有评上班干？”

他们言之凿凿，以至于我无言以对。

“一定要和他们一起上厕所吗？一定要放学一起回家吗？我又不是不认识路，实验作业也可以一个人完成啊。”

“看来你真的有问题。”我的父母一齐说，“你都不和他们有学习之外的交流吗？”

为什么要有？我想。但我没有这样说，因为我想到了某次一个人去食堂吃饭，同学A对我说：“唉，你一个人吃饭啊，好可怜。”

她的“好可怜”刺痛了我。

原来我，“好可怜”。

在那样一个树立三观的关键时期，这三个字教育了我。总之，这次谈话之后，我和同学们的交流多了起来，每天晚饭我还会和父母分享一天的快乐成果，他们对我很满意。但这样毕竟还是很辛苦，为了犒劳自己，我决定每天延期一小时回家。

那一小时的自由时光里，我不用和任何人说话，我周围没有密集的人声，都是自然发出的声音。比如夏天的知了，比如风声，比如树叶哗哗的声音。我知道，这一小时之外，我又该恢复常态，为了没人能摧毁这一个小时，我特别为自己定了闹钟，只要闹钟不响，我就觉得自己是自由的。

不过，好日子不会持续太久，有一次我爸妈接我的时间早了，门口涌出我的同学，他们说，我们现在就放学了。

那之后我就不能十点才回家了，但他们似乎也知道看我看得太紧，会产生逆反心理，有小半年都没再管我。何况我成绩不错，只要身心健康，他们没太多要求。

随后，我考入大学，班主任“几百年”不见一回，和室友们寡言少语，日子倒过得也快。可惜，宁静还是被打破了。

因为我喜欢上一个人。

我算是开窍比较晚的，所以到十九岁才喜欢上一个人。

这人是我们隔壁系的男生，可我这么深居简出怎么会认识隔壁系的？没错，我是在图书馆看见他的。他来的不是很频繁，也不会复习功课，最多是看几本侦探小说，趴下去睡一会儿，再晃晃悠悠走出去。他目不斜视，至少不会看向我这里。

这件事给我带来极大的困扰，我一直都觉得自己一个人活着也没什么，能躲避人群多久就躲避多久。可这次之后，我发现即使在空旷的图书馆，我也总觉得他在我旁边徘徊。

我意识到，我是在等他。

这让我觉得苦恼。我和网友T探讨了这件事，她告诉我，我最好知道他的喜好，然后打扮成那个样子接近他，那样才有成功的可能。

不可思议的是，我真的这么做了，并且很快就知道了他的基本喜好。

我进入图书馆做管理员，检查书本借阅记录的时候查到了他的名字。那时候还流行校内网，我用小号加了他，很快知道他的星座和属相，知道他的家乡和平时玩的游戏、看的书。

信息公开的年代，没有谁是不能找到的。社交网络真是好东西。

我在他的相册里找到他前女友的照片。她确实长得不错，跟他很搭，这让我很挫败。我坐在镜子前，审视自己不好看也不算丑的五官，除了皮肤好、瘦，我真的是没有优点了。

某一个风和日丽的早上，我打了二十几遍腹稿，终于开口对他说了一句话。

“可以借一下你的饭卡吗？”

他愣了一下，说：“可以。”

那天中午我们一起吃的饭，那之后我又借了他饭卡吃了几次饭。他真人比较木讷，很被动。我只好拼命说话，并尽量让自己显得自然。当然，这席话我早已经在心里说了几百遍，睡前还会默诵，每个人都以为我是在背英语单词。我背得很辛苦，不过很快也发现了这样做的好处。以往室友嫌弃我不合群，甚至还想集体批判我，此时我终于有理由让自已不合群，每个人也默认了我的勤奋用功。

那段时间我很勤奋，每隔几天我就会去图书馆对着我的爱人轻声“背书”。我生性笨拙，总是背得毫无停顿、一字不差，看起来很严肃，额头也总是冒汗。我总是把想问他的问题一股脑儿说出来，我低着头，甚至根本没注意他的回答，只希望能填满这三个小时。

我的行为很快引起公愤，大家一致让我从图书馆出去。我当然不知如何反抗，只好闷闷不乐地退了出去。我的爱人松了一口气，但或许我的动作引起了他的哀怜，他也跟我走了出去。

“其实你真的不必说这么多。”他说，“反正我根本也听不清。”

我呆住，原来我悉心准备的台词他从来没有听清楚过。

“为什么？”我问。

“因为我没戴助听器啊！”

他说话的样子像在呼出一口长气，而我在等待最后一个尾音。

接下来就是漫长的沉默了，不过我不再觉得尴尬，他看起来也是。我们互相不再说话，彼此都获得了自由。

那天之后，我们交换了联系方式，我神奇地发现，他居然用BB机。这让我非常嫌弃我的智能机，一看就是在网上寻求话语权的产物，我觉得自己太露怯了。

我假装也不用社交网络，并很快在网上订购了一部老人机。做完这一切之后，我发现这个晚上或许是我人生中最舒适的一个夜晚。

这之后，我们每隔几天就会在学校里散步，或者走出去。我们很少说话，却相处得非常和谐。我们一直没有向对方告白，但似乎这样才是正确的。唯一难过的是，我们虽然都知道对方的名字，但还是以“你”来称呼对方。

“‘你’，我们该去哪儿？”在我们每天谈话的末尾，我会这样说，然后他会带我去一个他长期待过的地方。这些地方都很奇怪，有的是废弃厂房，有的是没人用的男生厕所，有的甚至是舞蹈系多出来的衣帽间。

我第一次知道周围居然遍布着这么多多余的空间，某一瞬，我简直觉得这些空间可以延伸出一个新世界，而这个新世界将覆盖我的生活。

我火速把这种感受告诉“你”，他笑盈盈地说：“难道不是吗？”

“难道我们不是在覆盖彼此的生活吗？”他又笑。

我听得有点迷茫，但感觉逻辑非常缜密。而他说完，我们不自觉就越靠越近，最后吻在了一起。

我承认，那一刻我感觉自己的身体都在颤抖。

不久之后，接下来的事情也顺理成章。可我们依然没有说过“我爱你”三个字，直到把生活过得不需要这三个字——四年后，我们结婚了。

五年后，我们有了孩子。

我和“你”生的是一个女儿。女儿的名字修改了二十几版，依然没能确定下来。想起来，我和“你”多年来交流最多的一个话题就是女儿的名字。最后不得已，名字陷入我们的选择恐惧症中，拔不出来，女儿就成了黑户。

也可能是看我和“你”互称“你”习惯了，女儿会说的第一个字居然是“你”。她逐渐长大之后，对人说话也是以“你”来称呼。这时候时代已经发达很多，社交软件多如牛毛，人们越来越不喜欢面对面，我和“你”在这样的社会中活得如鱼得水。只不过女儿还要在学校接受小集体教育，难免要不停发言。可惜她是黑户，以旁听身份出现，我和“你”再次回到零交流的关系中，更不会对此商议出好的对策。女儿时常受到排挤。

这让我和“你”很心痛。

我们做出痛改前非的样子，终于给女儿取好了名字。可惜名字太难听，最终她还是未逃脱被嫌弃的命运。

只是我们都没想到，女儿会表现得那么极端。

和我当年拒绝跟同学交流不同，女儿显示出融入集体的强大欲望。

她不会错过任何一场同学聚会，不会拒绝任何一次当众发言的机会。只要能够阐述自我，她都会非常积极。这让她的存在感越来越强，虽然也会树敌，但是学校里的腥风血雨都还是小打小闹，女儿仍沉浸在巨大的满足中。

那之后，女儿的脸色越来越红润，作为母亲我感到很欣慰，作为一个普通家庭成员，我又觉得很恐惧。更重要的是，我不知道如何回应她的热情。比较好的是，她一点也不需要我的回应，我只需要听就可以了，这让我面对自己的女儿都变得笑容僵硬。

有一天，在女儿滔滔不绝讲述她在某次活动的表现后，“你”在卧室里恐惧地说：“她会不会疯掉？”

“你”这么说的时候，语气和多年前说他没戴助听器那句话一样。

他长长地呼出一口气，等着我认同他。可这次不同，这次是女儿，我必须像一个真正的成年人一样，不要躲起来。

于是，我义正词严地说：“我们应该尊重她，这是她的选择。”

“你”点点头，我知道我们都赞同这个说法，但我们谁都做不到，纯粹就是感到不适。

试想一下，在一个习惯的空间生活几十年，一直都少言寡语，突然要配合一个话痨，这真的难以忍受，即便对方是女儿。这让我和“你”每天都会做噩梦。

我们都陷入爱的痛苦中，而女儿毫无察觉。随着她逐渐长大，她甚至开始改造我们。她喋喋不休地把我们拉到人群中，甚至把那些我们发掘出的城市废弃角落也布置得热闹非常。她学会了烹饪、煮咖啡，学会了插花和拼盘。她把生活布置得像微信朋友圈展示图，而我和“你”还怯懦地用着她刚给我们买的老人机。目测今后几十年的生活都将被她展示给外人，我们如同生活在没有囚笼的监牢里。

“她和我们不是一类人。”“你”说。

我们趁着女儿外出工作的夜晚，离开了自己的家。

走出家的我们都呼吸不畅，“你”说这是心虚所致，我们无形中已经被女儿影响了。

“不是这样，”我说，“只是因为我们不能和世人和平相处，而她做到了。”

很久很久之后，我还会恨那个晚上离开家的行为。不过那时候我已经不知道“你”是怎么想的了。他和我在外出的第十三天发生了激烈的争吵，这主要是因为我们太久不争吵了，应该说，我们实在很难发生争吵，毕竟我们交流那么少，和平相处得那么理所当然。

可那天不同，我走在外面的大街上，看着每一个女孩和男孩都那么热情，我想到我的女儿，想到她愉快地和这个世界兼容，就要痛哭流涕。

“有什么幸福的？”这时候，“你”冷冷地说起话来，“她是幸福了，我们却连家都回不去了。”

“说不定我们也能试着接近人群。”我说。

“我们？”“你”笑了。

“还记得你是怎么接近我，我是怎么接近你的吗？”“你”说，“那时候我感到的最大幸福是：我真的拥有了一份现成的爱情，我不需要去进行任何互动，我只需要坐着听。所以我才说自己没戴助听器，谎称自己是聋子。可你现在告诉我，我们该去接近人群。

“这怎么可能呢？”“你”看着我，蹲下来哭了。

其实我只是说说而已，我又怎么可能不知道他的谎言，谁知道他却矫情了起来。我挫败地拖着“你”往家里走去。这个时候了，除了回家，无法平复心情了。可这竟然是真正噩梦的开始。

回到家我就发现，房屋紧闭，女儿也始终不应声。等“你”炸掉门之后，女儿正对着我们卧室的那面墙壁说话。她热情洋溢，像是舞台表演嘉宾。她化着精致的妆，非常美。只是脸上很油腻，显然好几天没有卸妆。她不停地说着，重复着一套我似曾相识的动作——做饭、插花、拍照，时而对着社交网络大笑。她看起来如此正常，衬托得我和“你”像外星生物。她没有听到我们的砸门声，她以后也不会听到。

>>> *Part Four*

“我见到了他。”当这句低低的话音伴随着第一个传播者的嘴巴往全县扩散的时候，每个人都不约而同地相信——袁万岁回来了。

袁万岁

如果再有人穿着笔挺的西装，站在灌坑街中心的垃圾场边沿抖抖皮鞋上的灰，用一口豫南普通话问道：“谁还记得诺从灰渣子里儿爬出来的孩儿没？”是断然没有人会理他的。但如果是那个很久很久没出现在这里的人故意去问，人们一定会睁大双眼，无不惊诧却又自豪地叹道：“出息了！”但这样说的估计只有林县农村和县城边上的那些人。虽然这个很久没出现过的人早已是林县的风云人物，虽然他垂落一半的左眼已经由最初用来吓唬小孩的传闻成为谋生的伎俩，接着又成为艺术家头衔的最初由来，但原来的垃圾场居民永远只认他是从灰渣子里爬出来的。他们只认世事的无常，并带着嗟叹感怀贫穷少年曾经的历史，以及算一下他一年的总收入，猜测一下为何现在还没娶妻生子。除此，我不相信他们还有别的想法，虽然在无数个小学生的耳朵里，这也许会是个励志故事，但在成人的世界里只是一个有着灰色背景的传说。虽然他们早已去了最中心、最繁华的林县步行街不远处的钟山寓景小区居住了，而现在这些所谓的“城里人”在老一辈林县人看来就是农村人。不过也的确，这些人虽然住在城里，但往往是农村户口，家里还留着那几块地给老父老母种种。

可惜，那个很久很久没出现过的人从来没有提过这样的问题。

这么说是因为在少数青少年瞬间，我看见他从面前闪过，带着一种呆滞却夹含狂热的神情，有时候他貌似是操着非林县口音的流窜商贩，有时候真的是传说中的眼珠外挂式民间艺术家，有时候只是汽车站随处可见的陌生人，有时候衣衫褴褛地做了模特出现在高考美术培训课堂上。

男人名叫袁万岁。关于性别，我是十一岁那年才有了明确的概念。我外表看起来是个小男孩，实际上是个女孩，这在九十年代初期出生的一代人中本是很普遍的现象。但十一岁那年却是一个分水岭——原来我的身体并非是我所认为的那样。

我穿过初中一年级时所在的校操场，在镂空墙壁的厕所外围跑了半圈才昏昏沉沉找到出口，一蹲下就觉得小腹出奇疼痛。如平地之上升起高山一般，肿胀的小腹前直立起一杆肉枪。而我还来不及提上裤子，就已经有胆小的高个儿女生惊讶地看了我一眼，迅速跑开。

下体升起的高山毋宁说是峰峦，只是它尖尖的，细细的，像一条软绵绵的受到惊吓的小蝌蚪。那之前的一周我就发现了这件事，起初以为是一个肿瘤，但每次瘙痒难忍时双手抚过这凸起，就能感觉整体又庞大了一圈。很快，伴随着三层痂子的脱落，我感到小蝌蚪开始蠢蠢欲动了。它通常是在我课桌的边角开始发挥自己的功效。桌子在我早长的身体前显得有些矮小，小蝌蚪恰好能软趴趴地躺在课桌内我的书包里。新世纪初的县城教室还是显得有些拥挤，这导致前排的同学只要顶到我的桌子，小蝌蚪就要随之波动一番，一来二去，它就在课桌内变得庞大了，最严重的一次它撑满了我的书包。

最初只是一声老鼠的尖叫。当它长长的尾巴像一条放大的会移动的细眉毛一样拖着沉重的无神瞳孔般的身体从书包里跳到地上时，我彻底吓尿了。小蝌蚪迅速沸腾，简直长成了身体上的一棵树，从我的大腿间一跃而起，一直顶到课桌，如一个子弹膛，第一次，也是最后一次，发射出了湿润润的“炮弹”。

已经无暇顾及老鼠到底是谁放在书包里的了。我只是带着虚脱之后恐惧的快感迅速跑到了洗手间——这就是那次看见袁万岁的前幕。

伴随着女学生的撤离，被洗手间突然耀眼起来的白瓷砖刺痛双眼的瞬间，我感到一阵和着耳鸣来到的眩晕感。

我忘记了自己是如何跑出去的，以至于当看到紧闭的校门外那个拉长了的，眯成一条缝的眼睛时，我先是质疑了我所在的位置，才马上确定真的看到了袁万岁。

我脑子里已经不再记得这人的历史以及此刻是个什么身份，只记得他空荡荡的左手臂袖口和垂落的半截瞳孔——那像是悬挂在面部的探照灯，如一张在身体内飘飘欲仙的记忆纸片，从校门的铁栏杆空当一直行进到我奔跑着的身体前，从垃圾场穿越半个林县来到这所中学门外。我觉得下体冰凉，内心比刚才更为恐惧，我喊了一声，时至今日我也觉得只有自己听到了这一束声音从地面一直冲向头顶上的林县县城上空，那一天应该是飘着几朵云，看起来像是春夏之交，但在那声呼喊之后天空就彻底是蓝色的一片了，而我喊的是——

“救我，袁万岁。”

这句话其实是飘荡在半空中的，我甚至不确定声音的画面是不是能准时抵达袁万岁望着我的双眼，让那个呆滞的人飞奔到我面前。但更可能，那只是一个梦境——就像我发现自己居然能记得五岁以前的事情。

“那只是你梦中发生过的。”林县人民医院的童安晨医生如是说。

但我觉得梦与现实还是有本质的不同，最典型的是，梦的记忆总是会在叙述中被随意篡改，虽然真实发生的事情也会有这样的特质，但显然如果是真实发生的话，在被口述更改的时候还是没有梦境那么让人不加节制甚至口无遮拦。如果真能冲破梦境这层怀疑，我当然更愿意相信那不是真实发生过的，比如我奶奶看我的那双眼睛。

那双眼最早出现在袁万岁破土而出的垃圾场，当时那是很多野孩子喜欢光顾的地方。作为同学中的边缘人士，并怀揣着在内心膨胀的秘密，我也经常在那里奔跑，穿过无数碎渣和石头，然后我在那里看到了从家中跑出来的奶奶。

她依旧是认得我的，虽然她已经患上老年痴呆。在我那不知是梦还是现实的记忆中，她在人民医院绿白相间的墙壁面前对我的出生展开了一场盛大的哭泣。在这场哭泣中她没有提起关于我出生的任何细节——严格来说，她就没说出一句囫囵的话，这就像是一个恰到好处的出口，让她得以冲破无数个话语障碍，流利地表达着自己命运的不公。我已经忘记她具体说了什么，但更多的，是我不愿意重复她说了什么。在这不知真假的我的历史中，我总觉得自己在以另外一双眼睛看着这一切，那像是一场过去时代出现过的电影，而我只是放映机旁边观望着的人，话痨、神色凝重、弓着脊背、双腿颤抖着打结，像一个健康的病人。

那场电影里，奶奶并没有在墙壁前停留太久，因为很快大姑就来了。她首先看到的是奶奶赤红的双眼，她带着责怪让奶奶早点走开，不要这样失态，但奶奶只是一把推开她，继而就用嘴撕咬着大姑的双手。至于首先咬下的是左手指还是右手指我已经不知道了，只记得力道之大让大姑的手色彩艳丽而扭曲，像是一幅解构主义艺术作品，面部线条拉长，眼珠沿着耷拉的下眼皮仿若即将沉坠，分明就是袁万岁每一次出现时的面部特征——走失的奶奶彻底让我感觉到了过去记忆的复苏，这种苏醒已经让我无暇顾及它的真实性，以至于在袁万岁开始在垃圾场不远处呼救时我都没有注意到。直到那声音像是一个慢慢解开的死结在头脑上空散逸开来，如同一团丢入水缸的墨汁。我缓缓延伸了视线的尽头——袁万岁已经被层层围住，这个当时看起来十几岁的少年身上包裹泥垢，浑身酸臭、眼睛奇异，但是臂力雄伟。人们众说纷纭，唯一能知道的是他毫无亲属，毫无历史，甚至连口中说出的那个名字都如同谎言。

而我就看着那样的袁万岁慢慢走出人群，却拐进了另外一条更加宽广的大路，膀胱因为紧张地奔跑在记忆中奶奶乜斜着的眼神下几近炸裂，双腿提着湿湿的裤子静静地对不远处的奶奶说——

“回家嘛。”

当我的嘴慢慢吐出记忆中的音节，我看到的不再是当时那个骄傲又怯懦地睁着小母鼠一样细细尖尖眼睛的奶奶，而是把空荡荡的袖口挥舞得如一面旗帜的袁万岁。他的目光在听到我两次发出的音节后缩了回去，转为不断向来来回回的行人推销他的菜刀——他的地摊摆在学校不远处。个别逃课的孩子走出校门第一次看见他时都仿佛是看见我一样，当然袁万岁比我具威胁性多了。

尽管袁万岁不再看我，他还是向我伸出了脏兮兮的小手。不得不加上一笔的是，袁万岁长着一双不符年纪的小手，这在很多年之后依然是他的体形特征之一，他靠着他的小手和外挂眼睛在林县和林县周边行走，终于没能走得太远。

而那时候，他只是在“回家嘛”的余音下默默张开口型，整个街市都在他的嘴唇后暗淡而静寂，我唯一能听到的是菜刀摩擦着黑灰色石头的声音，而这声音伴随着袁万岁的口型显得有些像他自己发出来的。我的视线一瞬间被切成了一面光洁的反射玻璃。

那是一个奇异的下午，我觉察到小蝌蚪又开始勃起，但总觉得裤子内部变得格外空旷，双腿像软掉的面条。身体渐渐飘离校门口，袁万岁的眼睛却在这时突然望向我。

“下雨须谨慎。”他严肃地说。

如果没有记错，那句话之后的第三年林县就爆发了那场大雨，这之前和之后的几年里，我奔波在县人民医院和驿城区医院之间，最远到达过整个中原地区甚至全国最好的专科医院。在十四岁时那场大雨来临前的清晨，我长起了胡子。当细密的雨丝在窗外飘着，护城河的柳絮沿着三月份的灌坑街蹒跚地走来，因为承载了雨水的重量，显得格外厚实——我想，如果站在空中俯瞰，一定是一个个赶路的影子。

那时候我已经从学校休学。那一年也很奇怪，直到三月，雨搭上结的冰凌依然没有融化，只是会在正午不断滴出水，但一到晚上又继续坚硬地挺立在那里了。如果不是听到蝴蝶扇动翅膀的声音，我估计都不会看到冰碴啪啪啪砸下来。

“这不是一只普通的蝴蝶。”这句佯装老气横秋的开头是那天日记的第一句话。在那句话之前，我原本是想记述梦中追赶我的人，在我的少年时代，那是最常做的几个梦之一。

先是在没有出口的迷宫，继而就是一条长长的甬道，我感到头上涌出滚烫的热血，但没有痛感，在意志力不断引导我继续往前时，我犯了梦中为数不多的几个错误之一——回头看了看那人是谁。

她腰部以下都是棕黄色的火光，而那原本属于双腿的位置却变成了乘着火光的风。她的脸因为火光的缘故显出了皱纹和向下的八字眼角，也就是这些让我知道，她是我的奶奶。

这不是一个噩梦，虽然那个清晨醒来得十分疲惫，但在看到那只蝴蝶的翅膀后，完整而有力地从梦中解脱出来。

“我在蝴蝶翅膀中看到了整个宇宙。”

虽然这句话在前面那一句拙劣的成人口气下显得更加可疑，但我还是一次次向能够述说的人强调它的真实性。强调那在一片藏青色翅膀背景下细微的纹路和“星球”上面微弱如蚁的人类。如果不是地理课本上的示意和无数个自然宣传片，我或许不会轻易把那些能够感觉出是星球的圆形和几大行星联系在一起，但事实是，当我以匮乏的常识得出了初级结论，它也依然是不被接纳的。可我那时候没有学到这一点，我在日记中详细写出了它的不同以及纹路之下的庞大世界。这或许真的是眼睛的观感，更可能是我的想象，但无论如何，这构成了我的现实观。

更甚至，我在蝴蝶翅膀上的星球纹路里看到了知了的纹路。那一天距离九岁那年和表哥一起烤知了已经很久远了，但我还是在大脑中把那条可疑的纹路和还没有喧嚣起来的知了声联系在了一起，并自动在脑海中依赖现代科技的印象树立了立体的画面。而就在这铺天盖地的知了声在我的大脑中沸腾起来的时候，头痛让我不得不放下了手中细细观察的蝴蝶，可它没能在雨中飞翔，相反，它掉在了一辆面包车前的水潭里。

随着蝴蝶的坠落，我的世界开始变成一块块细节的切片，可惜都不是连贯的，这现实开始变得像梦境一样充满断裂的褶皱——省略各种日常事务，只留下让人沸腾的生活细节。更主要的是，那场雨落之后，那个推着在2005年的林县都已经不是非常常见的二八自行车，耀武扬威地一路兜售芝麻酱的男人出现了。他身形矫健，衣着光鲜，从我所在的窗户望下去，他细细长长的，骨骼像是雨后突然搭建起来的人形房子，从突然兴盛起来的狗肉摊一路到我家所在的十字路口，面对着那根高高的电线杆开始吹奏唢呐。

而我却从他背过去的身体下看到了他往日里的影子。

袁万岁。

再没有比这个答案更确切的了。虽然他的样貌距离上次见到他时已经有了大的转变，但我还是一眼就认出了他。如果是在现在，我或许会拍下他的侧脸上传微博，然后一定会出现很多非林县人民指出我的错误，指出每一张不同脸型的袁万岁却被我称为是同一个人是多么荒谬。但林县人断然不会这么认为。

“我见到了他。”当这句低低的话音伴随着第一个传播者的嘴巴往全县扩散的时候，每个人都不约而同地相信——袁万岁回来了。

尽管如此，作为唢呐乐手的袁万岁还是没有被他的父老乡亲认出来——但这样说是不对的，其一，袁万岁并不算是林县百姓的父老乡亲，他来自垃圾场的垃圾堆，他是一个土生土长的外乡人；其二，垃圾场附近的林县人怎么能是真正的林县城里人呢？其三，也是最重要的一点，虽然林县人（让我们姑且这么称呼他们吧）认为袁万岁回来了，但这只是来自一个信号，信号发出者或许是真的发觉袁万岁回来了，但信号接收者们却不一定能在袁万岁已经归来的林县大街上发现袁万岁。因此，当唢呐乐手袁万岁顶着这个时尚的职业出现在并不时尚的林县，他的结局只有两个，一，被忽视；二，被围观。

这的确是一个悖论。但当袁万岁选择林县作为自己再次出现的证人时，他就应该明白这种结局。虽然我更愿意相信他是后知后觉的，这才符合一个常人的思维。但如果他是出现在比林县大了一个层次的驿城，或许他不会只获得这样的待遇，或者至少他应该成为搜索引擎上的一个重要词汇——“吹唢呐的芝麻酱小伙袁万岁”。可他来到了林县，而且还是在灌坑街，这里居住着根本不被林县县城人认可的林县人——我爸妈这样只是因为回到旧宅造起新居才再次在灌坑街居住的真正的林县人都持有这样的观点。而这群非城镇户口变成小商贩的农民，虽然他们也或许听过、看到过袁万岁的第一次出现，但他们无一不是家中养着看门狼狗，住在城乡接合部式的装修陈旧的门面房里，只在最冷的冬天才敢开空调（不得不补充一句，这里是林县唯一不供暖的一条街）。

但事实是，作为真正意义上的林县县城人的我父母，却是最晚发现袁万岁的人。

在灌坑街度过的最后三载少年时期，除了袁万岁出现的这一节，我都是远离这里的同龄人的。直到身体出现异常，我被自动隔离。但同时我又在想，袁万岁对于什么样的林县人才算外乡人呢？对于我父母，这里都是外乡人，但对于垃圾场附近的居民，袁万岁又是外乡人。对于袁万岁呢？我就不知道了。

而在视线所及的灌坑街上，被默默围成一圈的袁万岁，偏瘦型的袁万岁，像是黑白电影中包着白头巾出来的正派青年袁万岁，虽然骨头散架、弱不禁风，却吹出了一口强劲的唢呐音符，它们飘飘荡荡，雨水却更欢腾了。

他吹的是《豫西二八板》。虽然林县是在豫南，但袁万岁没有在意，围观的“伪林县人”也没有在意，他们当然是更有理由的，比如我父母、爷爷、姥爷这样真正的林县人都没有指出袁万岁的错误，那些只是居住在林县，却不是城镇户口的林县人又何必说些什么呢？他们只是静静地听着，一直到袁万岁拿出了自己一整桶的芝麻酱。

“卖滋么（芝麻）酱……喽……”

这声吆喝一出来，人就散了一半，我迅速从这一举动中区别出了那些认出袁万岁的人。我也迅速看到爷爷从屋里蹒跚走出来，灌了一壶袁万岁的芝麻酱。

那壶我看到过，除却陈年的茶渍和油污，它或许还是崭新的。每当飘着一层油腥味的茶水端到爷爷的桌子上，他总会半闭着眼睛叹道：

“爽。”

他半躺在那个阴冷潮湿的黄色沙发上，眼睛是一条弯曲的线，手先端起茶水闻一闻，好像半壶茶水已经下了胃。

我已经迫不及待地要走下楼，再次感到一阵久违的疼痛。如同被撕裂了一样，根据早已被普及的常识，我觉察到是例假。像我这样的一个人是不该有例假的。灰色长裤上已经沾满了红渍，我终于决定不再下楼。脑子里却不断重复着袁万岁那句话：

下雨须谨慎。下雨须谨慎。

作为唢呐乐手的袁万岁放弃可能被街拍的光荣，在林县的这一次会面也伴随着被迅速消化的芝麻酱，很快被林县人遗忘掉了。那之后他或许也出现过，但只是我一个人的事了。

人民医院的童医生在那年春末剖腹产，这不是什么稀奇事，但她选择在中医院，这导致一个小小的手术就让她命丧黄泉。至于选择在中医院的原因已经不得而知，重点是她是林县唯一了解我病情的医生，她的死也让我不得不离开林县。

这次离开是我期待很久的。虽然不曾想过会这么早离开，但我似乎从很小的时候就觉得，离开就是必然的。比如逢年过节总有人点着我的头说：“你将来是要离开这里的。”他们说得很肯定，好像我是富贵人家托生到这里的，长大之后就要认祖归宗。他们判别有出息的期限在2008年高考后——我是不是能够带父母去看奥运会。当然，看的前提是要考上北京的大学。

虽然若干年后我去北京治病，途中看到了这个国家宣传中的最高等学府。但我依然没有冲入其中的欲望，我想这种欲望就是在我第一次离开林县之后慢慢削减的。

在驿城只停留了短短的几周，我就去了中原地区的心腹城市。在那次和蝴蝶翅膀的会晤中，我看到过自己乘着双鱼组成的木船，沿着第九大行星的纹路向着河外星系飞去。但那个河外星系绝对不该是中原，更不该是北京。

那不应该是我能看到的任何一个地图上所在的地区，但又可以是我能看到的地图上的任意地区。

在此期间，我奶奶从二楼楼梯摔下去过一次；住在隔壁的叔叔离婚，他的情人躲在一把伞下始终不肯露出自己的脸；隔壁一楼租赁出去的餐饮店因为奶奶的再次发病门可罗雀，终于倒闭；垃圾场被夷为平地，建起了商品房，这让万千林县垃圾的归属变得可疑。

最后一点，我开始说普通话。

这其中除了垃圾场和我叔叔一家不大不小的变故可以谈一谈，我几乎想像袁万岁一样在消失的岁月里沉默不语。虽然关于他的消失，从芝麻酱、唢呐事件后已成定局，也从开始例假之后让我无暇东顾，但从和叔叔一起离开林县居住在中原地区某省会的堂妹C发给我的短信里我得知，他是不见了的（虽然就在不久前，堂妹C还信誓旦旦地告诉我袁万岁在她所在的美术画室里出现过）。

这次她依然说得很肯定，肯定到让我不敢怀疑她。虽然这之后的几年我一直在想自己究竟应不应该听信一个1996年生人的话，尤其是这个人根本就已经不算林县人了，那里对她而言充其量是个祖籍。但那个总是供电不足的小灵通，是我唯一能够知道袁万岁消息的途径了。虽然我意识到这是不科学的，因为我本该是最后一个了解袁万岁的林县人了，而在我的同龄人中袁万岁甚至是一个生词。但堂妹C的理由也十分妥当，她说："爷爷说的。"

作为整个家族最后一个，也是最持久的一个沉默不语者，爷爷A，一直是一个神圣的存在，这种神圣随着年纪的增长渐渐变成一种被子女们忽略的理由，但在我这里却越来越神圣起来。或许堂妹C也是这样觉得，因此她才在必要的时候搬出爷爷，让我不得不相信她。

"他是怎么不见的？"我心有不甘。

"被垃圾吞掉啦。"

我显然很不满堂妹C这种带着明显普通话轻浮气质的回答，却还是选择了继续追问。

然而我还没有问出，堂妹C就已经换了一种幽深的腔调，甚至就像是有人在仿照她绵软的声音与我对话：“垃圾场上建商品房，打地基的时候说挖出了人头，但那人头还是鲜活的，再拔，下面居然还连着身体，大概是拔到肩膀的时候那人说话了，眼珠有一个还是长在眼眶下的，据说是脸颊上……反正这些是没有人要信的，除了你。”

“人头说什么？”

“没人记得了，但可能根本也没说什么，只是张开了嘴，人们都说，说不定是肚子里气多。浮上来了一口，就被认为是张嘴了。”

“那最后呢？”

“没有最后。他又沉下去了，像他最初做的那样。”

听完这一切，我从此相信了堂妹C。

可惜这一切还是无法阻挡我心中对袁万岁的挂念。比如在每个月例假那几天挂念就疯狂降临的雨季里，我一定会再次打开窗看看花蝴蝶是不是又会出现在同样的地方——虽然我总是在那些日子里遗忘我已离开林县。而在那些被针管或者各种检查惊醒的白天，我总会将之认定成清晨的再度来临。

新近的梦里，是我渡过一条青绿色的浅河。河水里是各种装入罩子，像被供奉着的一个个歪歪斜斜的动物，甚至婴孩，我应该是被某个两条脖子的大眼睛生物驮到岸边的。但事实是，当我抵达彼岸，这条双鱼的半圆形生物的脖子已经快要被我捏碎了，从梦中的场景来看，那应该是在某个南方城镇上。离我的中原很远，只有陌生的外乡人口音对着我，镇上人们的窗帘都是被风吹开的，人影像说话的声音一样飘动在每家每户，又通过这些蒙着雾气的窗户传达给外面的人——或许我是那唯一一个“外面的人”。

我习惯性跟他们说普通话，却发现早已身处另一个国度。

“你相信那是梦吗？”在新近一次和堂妹C的聊天中，我发觉她的声音开始有了回音，这让我在转述的时候不得不用双引号把她的话括起来，以便更符合事实。

“你真的相信那是梦吗？”C重复着，声音开始严厉起来，像是某时某刻的重复。或许是很少出场的童安晨，又或许是那个躲藏在不欢迎我的初中班级里往我的书包里放老鼠的小男生，或者是我患有精神病的痴呆奶奶，更或者是那个一直不敢在林县街道上露出正脸的我叔叔的情人。除了这些还能是谁呢？——可我知道我心里在想着哪个名字。

在每个月的雨季，我都会默念一遍，然后痛经的感觉就会逐渐淡去——即使不喝一杯又一杯的中药。但这毕竟是短暂的，我很快就发现疼痛并非来自生理问题，而是来自那早已不再沸腾的小蝌蚪。

从我所在的医院到能够买东西的巷子要穿过两条完整的大街。自从手术的议程完全定下，我就被转到了这块僻静的住院部。偶尔，我也可以在母亲的陪同下去商场之类的地方逛一逛。但我最远只到达过这个超市，其中一半的原因是我知道那里的菜刀是我所在的区域最好的——虽然我不需要买菜刀。但那天恰巧出了问题，我在超市外面突然感到一阵眩晕，如同被一阵迟来的弹药击中。一种针穿似的疼痛一点点渗入我的骨头，我弯着腰，但它还继续攻击着我的身体。但比疼痛更令人恐惧的，是我看到小蝌蚪冲破了厚重的牛仔裤，在北方白瓷瓷的天空下，直通通地躺开了。

这是我第一次敢于直视它——在肉红色的外表下，是一层藏青色的虫卵，它们密密麻麻围绕住了我的小蝌蚪，而在小蝌蚪底部的两个状若星球的圆形里，我第一次觉察到它们是多么活跃。藏青色的小虫一只一只井然有序地爬入“小星球”，在两颗圆形的滚动中，我的小蝌蚪开始不断颤抖，我不再感觉到那阵久违的，包含恐惧的融化感，而是痉挛般的战栗。陪同我的母亲通过她的瞳孔反射给我一个昆虫的世界。

在她的瞳孔里，我不过也是一只体型较大的昆虫，藏青色，不断分泌乳白色液体，而这长长的一截小蝌蚪，也只是身体孕育出的另一个自己——它在不断向外挥洒虫子。万千虫子在超市外奔跑，万千虫子涌入人的世界。但很快我就发现自己错了，因为比我自己的变化更惊异的是，母亲的瞳孔开始一点点变成透明颗粒，它们像盐粒一样撒在她变成黑色的身体上，而和她一样的，是无数个性别明确的人开始变成黑白色，只有我母亲是个例外，她全体是黑色的，除了瞳孔——那像是两粒洞穴，通往太阳，却把她自己留给一个空旷的宇宙。

我站在母亲的瞳孔之外，再转眼看世人的时候，每个人却都如我一样在河水中爬动了。这其中我看到了堂妹C，也看到了已经死去的童医生，她和她的女儿一起从不远处的担架上走下来，那婴儿还是小小的一颗，却已经开始走路了。我也看到了叔叔，堂妹C一直没对我说过他后来怎样了，此刻他头顶着一个类似我婶婶的怪物，那女人（现在应该说那个雌体）大概是唯一一个和我一样喷射乳白色液体的昆虫了。而我甚至看到了叔叔的情人，她是在场所有生物体里唯一一个维持人形的种类，可惜依旧没能露出美丽的五官。她僵硬地平趴在柏油马路上，头顶着一顶五颜六色的帽子，正好能遮住略显娇小的头颅。

我觉得这一定不是真的，即使是真的，我的手术还是必须要做。虽然母亲已经像是一个摆拍演员还在维持人形，一碰就会掉皮、掉器官。她现在没有了瞳孔，我只好不断向她呼喊，让她知道往哪里走才能回去。

在回医院的路上，我看到了一个除了叔叔死去的情人之外唯一一个活着的未变异人类。她冲着我呵呵地笑着，露出一口黑色的牙齿。但当我看到她没有双腿的身体时，明白了一切。

“回家嘛。”

十年之后我再次用这句话跟她说话。这几乎是很多年以来我们唯一的对话了。可她这次没有听我的，她像一个疯子一样从背后拿出一把菜刀要来砍我的母亲，我用身体挡住，但这并非完全因为我要守护看不见的母亲，而是我觉得那刀子本就该向我砍来。

事实证明，这样做是对的。她露出了久违的怯生生的微笑，仿佛很满意与我这次交锋。她像是剥皮一样把我从头到尾砍了一遍。我甚至没来得及惊异她能认得出变成昆虫的我，就已经看到自己泻落一地的皮屑，还有现在长着粉嫩新肉的身体。

除了身高矮了四十厘米（大概是这个数值吧），我完全是一个和之前一样的人了。当然也有不太一样的，比如我看起来像是一个小孩子。

真可怕，我变成了一个侏儒。这让我重新低落了，可我还是要去做手术，做手术的热情在变成侏儒之后更加膨胀起来。我和我的母亲一路向前，还看到了爷爷，他也是一个小孩子，但头发是花白的，他被人端端正正地供奉在一个矮小的祠堂里，看起来神色萎靡。当然，他看到我之后就精神焕发了。他先是褪了一层皮，这让我意识到他其实也变成了昆虫，或者他本来就是昆虫。而我也是这样，奶奶只是给我换了一层皮，我叔叔的情人或许也是这样，我母亲也是这样，她只是用看不见来躲避换皮这层预示自己是昆虫的事实。

一瞬间，我在爷爷的神色下开始思考周围的高楼、柏油马路什么时候开始换皮，我住过的每一家医院什么时候开始换皮，担架什么时候开始换皮，菜刀什么时候开始换皮（或许长出霉菌就是换皮的征象），垃圾场什么时候开始换皮，不对，它已经换了，商品房下的人头何时开始换皮——换成此刻可以在地上爬行，不必再次回归地里。

袁万岁，你何时开始换皮。

袁万岁当然还是没有从地下升起，我长出的新皮肉却开始渗出久违的鲜血。它们像是攀缘着久远梦境的桥梁再次归来，从我身体内部任何一个可能的器官、任何一根可能的骨骼涌出，伴着骨髓和新鲜的皮蔓延，蔓延，在脚下的马路上画出了肉色的斑纹。这让我觉得自己像是走在变了颜色的蝴蝶翅膀上。这样想让我的步伐轻快了许多，痛苦也减轻了许多，我继续给母亲带路，这或许一直是她希望的，希望有一天能跟着我，什么都不用想。

我回到了之前住的医院，它已开始坍塌，但楼内的每一个人（他们真的是人，不是昆虫）神色平静，我的主治医师看到变成侏儒的我也没有表示太多的惊讶。这时候我往外面看去，发现肉色斑纹已经不见了，而且大街上空无一人。但我还是走上了医院摇摇晃晃的台阶。直到置身自己的病房之后才发现，这里的每一个人都已经没有了双腿，但他们对我依然和善，一瞬间，病房里的气氛达到最好，几个温州人也不再互相说温州话，几个北京人也不再带着京味十足的口音对我笑呵呵，他们全都改口为温和而明亮的普通话，像我一直在医院里说的那样。我刚想为这种和谐感到快乐，突然觉得下半身一阵疼痛。再一转身，我的主治医师已经眼神和蔼地面向我了，他手中的锯子边沿却躺下了两条新鲜的腿，确切说，是腰部以下的全部。我惊讶得说不出话来，但病友们整整齐齐地对我笑道：“开始都是会痛的，但只有一下，因为一想到是一直以来希望的，所以还是开心的。”一股浓重的回音腔。

“不要担心，你还是可以走路的。”主治医师再次笑道。

“那，我，我的手术呢？”我焦急得快要流出眼泪。

“这就是手术呀！”每个人都开始不解地望着我。

我的目光在寻找母亲，这一重要的时刻她却没有在场。我的主治医师却突然又说话了：“她已经被杀掉啦。”

“什么？”我像是不相信自己的耳朵。

“她已经被杀掉了。”一整个病房的陌生人一齐说，但奇怪，不久前我还没有把他们当成陌生人。

“杀掉！杀掉！”他们像一整盘电脑游戏里的僵尸、怪兽前倾着身体对我说着，冰冷的口水喷满了我整个面部。

“杀掉！杀掉！”他们继续。

“杀掉母亲！”

“杀掉妹妹！”

“杀掉奶奶！”

“杀掉爸爸！”

“杀掉叔叔！”

“杀掉爷爷！”

“杀掉外公！”

“杀掉河南话！”

“杀掉方言！”

“杀掉故乡！”

“杀掉！杀掉！”

他们瞪着炯炯有神的眼睛，仿佛我是他们下一个战场。可我只是试图站起来，试图站直了。仿佛白色病房的天花板上有那只蝴蝶翅膀，蝴蝶翅膀上有唢呐，唢呐里有镂空的厕所墙壁，墙壁外是卖菜刀的……袁万岁。

袁万岁，我再次说出了他的名字，却是平静的，身体在这些人的打压下不断流血，不断有被碾碎的器官被他们连根拔起，我觉得自己像是一块土地，或许本来是可以移动的，却因为承重过大无法行走。这些人的瞳孔再次汇聚在一起，在我的胸前滚落，在我被主治医师切除的下半身上滚落，我为他们的身体之痛而哀伤，却始终无法感受自己的痛苦。在我纤长的目光里，是一束白白的、柔弱的骨架，它从我视线的这头一直穿过这家医院的每一面墙壁，至少穿透了整个豫南，整个中原，甚至还要穿破宇宙。我能听见他的回音，那是一个男人，或许也是一个女人，那是我，那也不该是我。我只能听见自己的声音，但无论我怎么呼喊，我也叫不出除了这三个字以外的，别的音节。我喊的是——

“袁万岁。”

>>> *Part Five*

随着地铁从新城驶向旧城终点站，所有人都在漫长的路途上玩起了拼图，有的人开始拼凑自己。拼凑自己的人们有些拼出了别人，而别人拼出了他们。人们对着彼此哈哈大笑，像是在照镜子一样。很多个器官因为安装方式不对，产生互斥，造成一部分人的死伤。

下 一 站 ， 环 岛

环岛不是一座岛。

它位于城市心腹，是最早一批给移民划分疆界的地方。只是年代渐进，越来越多人忘记了这个地标，人们跨越它就像是跨越人行横道一样自然。只有少数老人还对它怀有敬畏，总是绕行，即便不小心踩到了边缘斑马线，也会小心翼翼地抽离，恨不得火速离开这里。

关于环岛的历史记载多种多样。最早的城市移民迁居到此后，发现地面面积根本容纳不下这么多人。骚乱之中，领袖下令先抵达的人们上岸，后抵达的只能居住在岛内。当时的“环岛”其实就是无数顶帐篷围起来的猎场，专门猎杀迁徙的候鸟。由于所处地面每到秋冬季节便下沉，形成凹谷，故而被称为“环岛”。为了保持秩序，防止暴乱，住在岛内的人被明令禁止外出，岛外的亲人想要通信也只能用鸟来传达。后来互联网普及，岛内岛外连成一片。可是岛内的人习惯了下沉的地表，到了外面反而对平原地表起疑，很多人都患上头痛症，又因为生活习惯有异，活不了几年就死了。

环岛内因为陆地狭小，高楼林立，秋冬季节地面下沉时，五层以下楼房都会被埋入地下，轻则全楼感染风湿，重则直接被活埋。又因为逃生飞机有限，被埋较深者总是被同伴放弃营救。

随着时间推移，环岛下沉的时间越来越短，下沉深度越来越浅。到了李挪这一代，所谓“环岛”基本也只是一个空头名号、一个城市地标了。只在偶尔的夜晚，住在环岛周边的人们能听到它下沉的轻微震动。环岛的房价也逐渐和岛外持平。到了后来，便连铁栅栏都不复存在，只留下过去年代的斑马线，说明环岛真实存在过。

李挪小时候，曾有一批人因为这里有廉租房，来环岛定居。那些人因为地表下沉，身体受潮，有的人长出了鳞片，有的则长出了棕毛。后者因为变异不合常理，还曾被医学家请进实验室。李挪的第一个妈妈就是这样，她在生下李挪之后就去了环岛。那时候李挪的父母已经离婚，李挪跟着父亲住在正常的城市，偶尔能从报纸上看到关于第一个妈妈的消息。其中最爆炸的一条是，第一个妈妈因为在福尔马林中浸泡太久，长出盔甲。李挪看过那张照片，所谓盔甲其实就是一种银色的生硬花纹，和她小时候家里住过的房子天花板上的花纹有点像；也像某年夏季，兜售民族风服装的手艺人提着的小挎篮里那件银灰色牡丹纹路的衬裙。

说白了，第一个妈妈不过是和自己身上的衣服长在了一起。发现这一点之后，李挪再也不相信城市科学家们给出的任何高瞻远瞩的预见性理论。不久之后，第一个妈妈从实验室走出来，回家洗澡，脱衣服时扯破皮肤，在浴室流血致死，算是当时轰动一时的研究事故。第一个妈妈唯一的亲人只有李挪，她无条件获得了她仅有的遗产——买断工龄的退休金。

随后，李挪父亲娶了她第二个妈妈，那时候她已经十岁。第二个妈妈每次看见李挪都会评头论足一番。她们关系处得不好。李挪早早被送出去读书，只在假期才会回家，回家的原因还是没有钱。有一年，全城装修，新的天桥跨过大街小巷，直线距离越来越短。大家感到方便的同时，也觉得城市越来越拥挤。高度发达的公共设施成为负担，但这让李挪兴奋。它们给了她很多机会远离第二个妈妈，直到升入高中，她开始住读，只有每个月的银行账户提醒上有第二个妈妈和父亲的信息。

那时候，李挪只在历史课的时候会去环岛，也只在旧环岛遗址稍作停留。她的历史老师是一个激情澎湃的人，讲课讲到吐血仍在喋喋不休。他讲过很多环岛的传说和历史记载，传说那里最初是候鸟栖息地，因为城市移民迁徙，赶走了候鸟，它们只得集体更换季节栖息地，很多鸟刚飞不久就累极坠落。有的落在了动物园，有的落在了无人岗位。落在动物园的那批候鸟成为观赏贵宾，每个月“俸禄”都吃不完，还有好心游览者给吃食。落在无人岗位上的候鸟则疯狂进化，经过几代之后，基本看不出和周围的人类有太大区别。唯一不同的是，他们尖嘴猴腮，嘴唇尖刻细长，而且没有鼻子，总之，相貌极丑。城市里大部分剩男剩女都是这些候鸟的后代，也因为貌丑，人类不和他们通婚，这让他们总在夜里暴露鸟类本性，试图飞上天空。但后代的飞行能力越来越弱，每天早晨开窗，总有一些人家门前躺着摔死的鸟人。他们的尸体铺满了城市的大小角落，严重增加了清洁工的负担。有些鸟人还是学生，他们的摔死也增加了学校老师的负担。李挪的同桌赵自鸣就是这样。他原本是本班“一个著名重点升学率”，却在高考前摔死，当时的城市中学升学率因此只有99.99%，让班主任大动肝火。

作为神童，当很多人还在襁褓中牙牙学语的时候，赵自鸣已经学会计算从家到学校的直线距离。每个清晨，他都是全城最先醒来的，卖油茶和麦仁糟的手艺人还未亮出那一嗓子叫卖，赵自鸣已经在城市深处发出了低沉的鸣叫。这个声音普通人一般很难听到，李挪也只有幸听到过一两次。传说六岁前的鸟人很难发出这样的低音，除了少数早慧者。赵自鸣的鸣叫从城市西边一直向东边扩散，城市中学最勤奋的学生还在去学校的路上，赵自鸣已经用鸣叫在收集城市里所有智慧线索。或许是图书馆落满灰尘的角落里总是被遗忘的一本古籍，又或许是历史博物馆里面目晦涩的古人类标本，更可能还是几个野路子研究的某项不入流攻略。总之，只要是未开发完全的知识体系，都在赵自鸣收集的范围内。也有时候，赵自鸣会漫步在城市的清晨，他双腿略长，行走速度是普通男孩子的四倍。他脚下生风，一路飘过城市的四面八方，行走让他更轻易获取城市深处有待发掘的科学，让他更轻易收集到很多线索。这些线索汇聚成神经体，在他的大脑中彼此搏斗，胜出的几条线索才能作为赵自鸣日后人生需要深入学习的东西。毕竟，只有适应身体构造的才是值得学习的。赵自鸣外形呆滞，表情刻板，但学习的时候，他是一个将军。

他九岁转学到城市中学高中部一年级，那时候李挪还在初中部一年级。他们的教室隔着一面铁栅栏。传说，这些栅栏是当年环岛围猎时余下的废料。因为城市中学沿途物资短缺，人民相对贫困，这些用料就莫名被不远万里通过地铁转运过来。虽然也要耗费巨大人力，但栅栏的坚固给人们带来了方便——当时的城市中学高一年级有一半鸟人学生，这几代发展虽已经模糊了鸟人和普通人的界限，可还是有人对他们感到恐惧，人际危机频发。许多学生家长在孩子入读前，都要求学校隔离鸟人学生。学校虽没这样做，但也把赵自鸣这样性格特别的鸟人学生适当地和普通学生隔离开来。他成绩优异，给他所在班级取名火箭班、励志班，也算是掩人耳目，不至于被外界说是歧视学生了。

当时李挪十二岁，赵自鸣每次都会跨过栅栏去高一C班小卖部买东西吃，总会路过最后一排的李挪。当时的李挪成绩虽然不差，但是个头奇高，是学校篮球队的主力队员之一。大部分学生只到她胸口，她只能长期霸占最后一排的座位。当时鸟人学生和普通学生平时不太说话，赵自鸣倒三角的脸形给她留下了特别的印象。每次放学，年幼的赵自鸣因为行走速度快，总要越过喧闹的同学们，他像是一辆人体轿车，飞速开过人群时总要引起很大一阵骚动。他们前赴后继地倒在他身后，一边咒骂他干扰了出校门秩序，一边又诅咒他是只长不大的小飞鸟。

“长不大的小飞鸟”是城市学生最先学到的一句骂人话。很多人都说，赵自鸣刺激了大家开发新脏话的本领，而这，为李挪所不齿。她只是神奇于赵自鸣怎么做到飞快越过人群的。

为了取经，李挪偶尔会在小卖部排队时，为赵自鸣留下一个人造蛋之类的小零食，但这些贿赂伎俩很快被赵自鸣识破。

“我是不会告诉你行走秘籍的。”赵自鸣撇撇嘴。

那几年，武侠电视剧风靡整个城市，人们习惯把任何技能的养成计划称为秘籍。

“你不告诉我，我也会走。”李挪呵呵一笑。

她也没有说错。一年后，当赵自鸣的智慧逐渐比不上九岁的自己，李挪却已经在城市中学连跳三级，成为赵自鸣的同年级同学。

这起源于某个李挪醒来的清晨，当她试图重新进入梦乡时，却发现远方传来一阵阵低鸣。这桩发现让她好奇。随意梳洗后，李挪开始在城市漫游。早班地铁上，她很轻易就在人群中看到了赵自鸣。他个子很矮，头颅很大，眼睛下面有深重的黑眼圈，站在人群角落不停吞吐下嘴唇。李挪顺着声波望过去，能看见他身躯佝偻，双腿弯立，像一个没有存在感的怪物。

那之后，李挪时常在城市漫游。她也时常能跟随赵自鸣去他所能走到的地方。有天桥，有下水道，甚至还有城市边缘处的人造森林，每一个有赵自鸣痕迹的地方，李挪的脚步都会遍及。也难怪，赵自鸣有思维速度，李挪有腿长优势，只要跟得上，总能博取些好处。既然她也能听见他的声音，那他收集到的智慧信息也无形中和她共享。这造成的后果是，李挪剜走了一部分赵自鸣的神经，赵自鸣逐渐感到思维神经的力不从心。毕竟，鸟人脑颅虽大，脑体却并不大。在行动力上，再聪明的鸟人也很难和人类媲美。

而无数个清晨，赵自鸣也感觉到身后那个跟随的身影。跟随他的李挪，也很快发现了他的秘密。

这也不算秘密，无非就是，赵自鸣其实是个女生。

追溯无数场历史情境，鸟人少年变性是常有之事。在城市博物馆，雌雄同体的鸟人占据了一整层馆藏。赵自鸣并没有发现这一切。

作为一个凭借意识生活的人，当脑中神经指引他走进女生厕所，他就走进去了，而这一切，并不会让他对自我认知发生改变。这让李挪非常困扰，因为她必须要指引赵自鸣不在学生群中走进女洗手间，她跟随他漫游的日子里，智慧神经的共享让她得以走进他灵魂深处。那是一个面无表情的小人，李挪把那个他揪出来，带着他远离人群。这也耗费了李挪的精力——她终于不再疯狂长高。

如果赵自鸣没有死，李挪或许会一直做这件事。可他死了，她也不必再维护什么。随着赵自鸣摔死，城市中学的布告栏上贴满他是女生的事实。

李挪因为他的离世好好伤心了一把，环岛周围的各个角落都有她哀悼的痕迹。有三个月的清晨，她一直重复之前漫游的路线。在每个城市地标她都会按照远古城市移民的习惯点上一支蜡，等它燃尽，再走到下一个。

不过，那都是过去的事了。

那之后，李挪进入城市大学，再进入城市工厂，三年后从工厂离职想要乘坐绿皮火车去城市之外的地方，却发现那些地方四下漆黑，每一寸土地都犹如黑幕，甚至连日月星辰都没有，她如同踏足一片混沌之地，害怕得要死，贴了三百块路费赶快回到了家，至此学乖。只不过，一时半会儿很难收心，李挪还是从城市边缘去了环岛附近的表姐家。表姐有一辆长款轿车，把她带到环岛附近只需要一刻钟。但是到了表姐家，她查询地图App发现回到老家竟然需要三天。

李挪的表姐林青说：“这是因为地球是圆的，虽然是一个城市，但已经从下面那个半圆来到了上面这个半圆，当然会久啊。”

“那我们刚才开车走在哪里？”

“地心啊。”林青剥着橘子说。

李挪听完，突然明白绿皮火车外黑黢黢的地方是哪里了。可这已经不重要，当务之急是赶快找到新工作。

四处投了简历之后，李挪找到了某朝阳行业的办公室。这是一家铁道公司，专门开发四通八达的铁路线，也兼顾各类城市天桥的设计，他们正打算在环岛上兴建一座新城。

面试李挪的是一个高瘦中年男人，他坐得很直，身体呈折纸状。从他倒三角的脸形看，他是一个鸟人。

“我姓李。”姓李的鸟人说，“你可以叫我李明。我们这里没有上下级之分，你轻松就好。”

李挪惊讶于没有刁钻的问题。商量好薪资待遇，她很快就拿到了offer。

一周后，在林青的不屑中，李挪进入这家公司，成为一个月薪三千五百元的测试员。

所谓测试员，就是负责试用新城建设中的每一件公共设施的性能，测试安全系数，测试完善性，写一篇篇试用报告。有时候报告里要详述新城中每一幢楼房，每一家超市，每一所学校的卫生间等的构造过程。这里的人，多是没有离开过环岛的人。他们住在新城里，头顶上是一个锅盖般的透明罩，但罩内的设施变多，空间也随之延伸出很多——毕竟，当生活需求得到满足，行动可以固定在一个地方，就减少了走动成本，空间自然显得大了。

新城建设者们深谙此道，施工速度也因而飞快。为了在年底完工，他们雇用了价格较为便宜的鸟人。李明就是其中之一，他执行力很强，有时候还会客串飞行员，测试透明罩上空的甲醛浓度。还有些叫不上名字的鸟人，多半都有代号。每个施工日，叫上号的鸟人们会依次爬上高楼，开始一天的工作。有几个叫作ABC的，总是被李挪搞混。有次明明该A上去，李挪却叫成了B，最后发现上去的是C，这最终导致C因过度劳累在干活儿途中睡着。

当C再一次打起瞌睡时，身体终于招架不住，仰头坠落。他落地的瞬间，李挪感到一阵耳鸣。

李挪并不是第一次感觉到铺天盖地的耳鸣。

在她小的时候，鸟人试图像他们的祖先一样迁徙时，总是会途经她家上空。那是一座白色的房子，位于红绿灯交叉口。鸟人们飞翔的声音总是从头顶砸下来，有时候李挪不慎接住，就会感到一阵耳鸣。而在那个停滞的、安静的密封空间，她觉得体内火辣辣的疼，仿佛要炸裂开来。疼痛自下而上，从耳膜处冲出去。从那时起，李挪的耳垂就经常挂起一摊血了。

血凝固之后成了天然耳环。李挪戴着它度过了很多年，它逐渐附着在她的耳朵上，像琥珀一样。只是随着时间推移，耳环也越来越小。C坠落之后，李挪感觉新血要垂落下来，但这次耳鸣过于强烈，她不得不用白餐巾捂住了双耳。

C坠落得很慢，不发达的翅膀让他得以慢速落下。他受了重伤，却没有生命危险。

也正是那天，李挪取下工帽，准备回林青家的时候，头顶上漂浮着几片C遗落的羽毛。它们飞得很低，李挪觉得近在咫尺，但她伸手想拿来时，却发现羽毛如同空气。她的手穿过视线中的羽毛上下波动，感觉仿佛到了透明罩外面，才摸不到实体。

最后一趟离开环岛新城的地铁在二十二点三十分，李挪不能等待太久，错过的话只能等林青早上去接她了。新城没有地铁，透明罩下的夜晚总比外面要冷很多。李挪伴着点点人造星辰从新城走出来，看到外面的天空漆黑一片。只一瞬，地铁成为安全的房屋。一阵铁轨的风驰电掣后，她来到了林青家附近。

经过几代的发展，城市已经没有宽阔的大街。人们要求的物件太多了，马路上到处堆满半新电器，它们摆在那里，因为时间久了，都开始生锈。金属锈渍逐渐让它们长在一起。经过钢铁工人的打磨，很多旧电器组成了新的天桥、新的广场。因为底座顽强，人们站在金属搭成的广场上，可以完成本世纪最好的广场舞。他们踢踏的声音总会提醒李挪，新的一天开始了。

城市因此变得热闹。到处又都是闲置物，这样的场地越来越多，她就觉得城市越来越小。每条路曲曲折折，进出不方便，也难怪会有三天的车程了。也只有林青这种手持不受控车牌的人，能进出珍贵的地下通道。

此刻走在林青家门外，李挪只感觉到一阵寒意。但她很快就发现更糟的还在后面。

林青在地板上睡着了。

李挪想把她叫醒到床上去睡，林青却始终不应她。李挪用手拨弄她，也还是不见回应。

和很多城市移民的后代一样，林青生活节奏非常快，这让她随时随地都能在有限的时间里睡着。从她倒地的姿势来看，睡着前，她在擦地板。这是林青为数不多的优良爱好，但是她擦得太仔细，每次擦地板都要耗费一个晚上的时间，像这样在地板上睡着不是第一次。李挪见叫不醒她，无奈地要抱起她。

她先从林青的腰部开始抱起，发现抱不动，接着又从林青的后背开始抱起，发现也够呛。最后她决定拖着林青的手臂，把她拉到卧室去。她用了很大的力气，几乎是大学时代拔河比赛手劲儿的三倍。林青终于被拉动了，但李挪只拉走了一只手臂。

血、骨头、碎肉，在那条手臂被拉走的那一刻，从肩膀处流出来。同时，林青依然睡得很死。李挪吓得把手臂丢开，洒了一房间的血。它们滴得很分散。如果用一只毛笔把每一颗不成形的血点连在一起，或许有可能是一幅现代派画作。

李挪来不及多想。她战战兢兢地把胳膊拿过来，把碎肉、骨头都塞进去，试图和未冷掉的肩膀缝合在一起。她肯定不能用针线，只能用强力胶，可这没什么用。她打电话给医院，没有人来接。她尝试了一百多种方案，还是复原不了林青的胳膊，直到林青醒来。

在她们面对面不到十厘米的距离里，林青没有意识到自己的胳膊已经和肩膀分离，那条手臂仍主导着她的生活，随时都能从冰箱里拿来一盒冷冻酸奶。血痂在胳膊边缘形成一串红色吊坠，骨头有时候还会自己跳出来做林青第三只手。有了她身体各部分的齐心协力，她最近厨艺大增不少。

只是，李挪看到，林青做饭的时候，从来没有做她那一份的意思。她站在林青面前，叫着她的名字，可她没有回应。李挪贴在她的周围，发现她依然没有注意到自己。她仿佛凭空消失了一般，林青则像每一个干练的城市移民一样继续着自己的生活，并且开始和第二条手臂分离。李挪觉得，不久之后，林青身体的每个部分都会跟她分离。如果大胆猜测一下，有一天悬挂着心脏工作也不是不可能。

李挪旁若无人地躺在房间睡了一觉，准备回到环岛新城继续工作。走到地铁站的路上，她看到很多行人的身体也逐渐分离。只是有的人比林青要难看，有人的脑袋裂开，凝固的脑浆里能看到跳动的神经，有的人脚踝和腿分开，骨头露在外面，还在滴血。只是每个人都对这一切浑然不觉。

她觉得胆战心惊，几乎是跑向了地铁站。在她奔跑的这五分钟，她发出了十九次呼喊，每一声都比前一次音量大，依然没有人想要往她这边看一眼。

李挪再望向天空，有些鸟人依然在尝试飞翔。但因为身体分离，不成形的翅膀撒满城市，器官们纷纷跳出，一个个自杀一样坠落在大地之上。有些相貌较好的鸟人看起来更像是曾经年代教堂里的天使，绽放出形态诡异的美感。

她走进地铁，黑暗再次来临。二十二分钟之后，她在环岛新城站停下。穿过通道进入新城的时候，李挪感觉一切都恢复了正常。这里每一个人都对她报以微笑，每个人都在认真工作。大屏幕上写着各部门开会的时间。李明还在勤恳地做着监工，看到李挪，礼貌性地笑了笑。

李挪抬起头。只一瞬，头顶上的星辰变成太阳，自然得天衣无缝，却让她觉得心下凄惶。她在新城里寻找着电灯开关，未能如愿。透明罩下的个体井然有序，甚至没有人说起今天路上支离破碎的人们。尽管有的人身上明显滴着陌生人的鲜血，大家也选择了心照不宣。在不约而同的沉默仪式下，李挪麻木地进行着所有工作。因为太过程序化，跑神都没能让她的工作陷入困境。相反，流水线上的她变得呆板而有效率，一个白天完成了111件公共设施的试用。

晚上的时候，她照例最后一个走，只是为了缩短见到林青的时间。她慢悠悠下地铁，慢悠悠走在锈渍铺成的马路上。她的身体轻易穿过了林青家的防盗门。屋内在办party，所有人穿着一样的衣服，所有人的身体各部分也彼此分离，和锅碗瓢盆组成了一支支交响乐。也有人自带乐器，在裸露的骨头上弹奏自创的歌曲。林青因为五官和身体各部位的撕扯，在这群分离人队伍里，丧失了美貌，毫无优势。

李挪在他们的热闹中呆滞了一阵子，就躺下睡着了。醒来的时候，她躺在一个陌生人的身上，不过感觉不到肢体的触感。她这一觉睡得身心舒畅，醒来后意识到又要上班。

而林青的心脏已经跑出半只，剩下半只还在胸口插着不敢钻出来。李挪看见她，突然觉得清醒。林青的书架上摆着她过去几年的照片，每一张都光彩照人。她想把它们收拾起来，可惜她的手穿过相框和照片，就像那天碰到C的羽毛一样。她的身体在这个世界里，如同空气。

李挪讪讪地抽开手，脚下生风地走到了地铁站，这一次干脆连卡都不用刷了。很多人跟她一样——低着头，匆匆走过地铁安检，没有人注意到他们。仿佛他们也未曾注意到那些人。两队人马平行地在一个世界里穿梭。去往环岛新城的人络绎不绝，留在旧城市的人仍在变成更高级的分离人。

比如，李挪就看见一个分离人使用了自己妻子的心脏而不自知；一个假发少女使用了另一个男孩的真发，浑然不觉。每个人都戴着别人的器官，自己的器官也毫无保留地献给众人。每个人都享受着共享的乐趣，记忆也呈现出共享的趋势。人们互相对视，眼神足以传达所有语言信息。李挪尽量不看他们，却还是共享了一个人的记忆。有人在构思一部小说，脑浆已经和脑神经分离，李挪听到他分享的小说句子，擅自在心中修改了几句，并篡改了剧情发展，接着，新的人加入这场游戏，一个人的小说构思成为一群人的虚构接龙。

肉体分离很快转化成语言、行为的分离。神经系统的互用让科学家开始在研究室创作油画，画家却开始在油彩里分析化学成分。城市成为一团糨糊，李挪的身体也越来越轻，让她时刻害怕自己会消融在城市的阴影里。

李挪不再回林青家居住，有时候干脆就躺在办公室，至少这里的一切都比较实在，每个物品摆在原来的位置，每个人的器官都长在自己身上，她的声音也没有安在陌生男人们的身上。这里秩序井然，天下大同。

李挪很快睡去，凌晨六点的时候，她的耳朵里开始充斥各式各样的人声，其中有一束来自赵自鸣。

作为李挪成长中一个浅淡的过客，赵自鸣显然不会引起任何生动的回忆。

他坠落之后，城市经历过一次大迁徙，其实也就是东边的人搬到西边，西边的人搬到南边，南边的人搬到东边，整个球状城市发展出新的格局。

就在四个方位的移民完成各自地盘的交接仪式之后，市中心的殡仪馆爆炸，很多摔死的鸟人的尸体在那场爆炸中化成灰烬，骨头都不剩。赵自鸣的尸体就是在那场事故后遗失的。

随后，新身份证启用，死去的鸟人们新的身份证上各自去除了鸟这一族籍说明，他们的身份证和普通人无异了。每个鸟人的家属都有报请亲人死亡的资格，报请死亡才能领公用墓地，才不用停在医院门口。赵自鸣的家人都死了，学校的老师在咒骂了赵自鸣之后也帮忙了。他的骨灰在城市各地发出鸣叫，人们搜集了一年，才算是把他的骨灰找齐全。

此刻，李挪脑子里那束来自赵自鸣的喃喃自语，因为过去这段经历变得清晰起来。

“你怎么确定自己不是在分离？”赵自鸣的声音在空气中响起。

李挪知道，这必然是某一粒没有被搜集的骨灰发声了而已，这在那场变故之后非常常见。鸟人们一根散落的汗毛都可能跟他们的亲人沟通，更不必说是一粒骨灰。赵自鸣这句话在她脑海中挥之不去，渐渐成为回音。

她四下望去，很多人开始对很多人说话。这些言语混搭在一起，和谐地完成互相补充的过程。李挪顺着他们的声调胡言乱语，此刻的表达和很久之前记忆里的话掺杂在一起，像是一碗语言杂烩。很快，他们像城市内部两列队伍一样开始争夺。

环岛新城的星辰一颗颗落下来，每次坠落都足以砸伤一栋大楼。一片片废墟之下，是一片整齐的哀号。当人们开始胡言乱语，只有疼痛能让他们了解自己。

新墙在哀号下一面面倒掉，叠成了一块块窄小的空间。每一面墙之间可以容纳一百个人的爬行。李挪从一面墙爬到另一面墙，最终抵达最靠上的那面墙，足以摘下人造星辰。她的不远处是分离人的队伍，他们秩序井然地走着，很多器官摞在一起，分不清主人是谁。很多个嘴唇在说话，很多颗牙齿在夜色里打战。李挪想把自己的外套给林青披上，嘴里却表达不出这层含义，林青或许也是。她们以不同的方式分离了自己，现在都丧失了拥抱的能力。

最前面的敲骨者，骨头压在心脏上，神经做成的琴弦在他手指下变得强韧，小腿的韧带则成为拉动他向前的马车。在他的身下，是很多人的韧带组成的一面弹簧床。他在床头，床尾也窝着几个人。他们时而站起来，时而跳下来和刚刚还抬着他们走的人一起步行。心脏和手势互相跳跃，谁也不理谁。每个人说出的都是对方的话，人们第一次和自己熟悉的人如此靠近。

中后端的分离人则比较安静。他们的交流更像窃窃私语，是整个团队中的低音部分。每个人的声音都有回声，这些回声组成一面密不透风的旗帜，他们雄赳赳气昂昂要跨过环岛新城。

但是透明罩阻隔了前进的道路。

较为敏捷的几个已经率先爬上透明罩，迟钝的几个人则在下面敲锣打鼓，整个阵势仿佛红白喜事。他们眼神迷离，没有一个人看到李挪。李挪也不再走，如赵自鸣在空气中所言，她的身体正在分离。最先前进的是头部，它一路拉扯着她的躯体向前，想要冲出透明罩，但是一次次失败——小脑已经跌落在地，她的身体开始失衡。

随后，是手臂和胸腔的分离。肠胃也缠在手上，拉扯着她的下半身向前奔跑。分离人中还保有最后一点语言能力的人开始指挥大家掀开透明罩。李挪目之所及，是整个环岛新城的下坠，继而渐渐瘫软，覆盖新城之外的疆域，如同一面扩展的地图。所有人的器官在这场拉扯中变得更加分散，李挪能感觉到自己的身体即将嵌入张开的大地怀抱，可她不容许自己这样做。

在夜晚城市最后一趟地铁到来的时候，她跳脱的细胞连成一片，拉动每一个器官登上了那列车。里面的人有的跟她一样，有的还未分离。他们都一样说不出话来。鸟人的相貌第一次在人群中湮没。分离人面目全非，地铁的玻璃都贴上了墙纸，没有人能看到自己长什么样。只有负责贴墙纸的那批人看到了自己现在的样子，这让他们不得不选择自杀。

有些精神还能集中的人强行把器官们归类，或者给它们找寻主人。每堆器官都能组合成新的人，但每个人看起来都奇丑无比，显然是拼错了。

随着地铁从新城驶向旧城终点站，所有人都在漫长的路途上玩起了拼图，有的人开始拼凑自己。拼凑自己的人们有些拼出了别人，而别人拼出了他们。人们对着彼此哈哈大笑，像是在照镜子一样。很多个器官因为安装方式不对，产生互斥，造成一部分人的死伤。

一波波死者的倒掉和“照镜子”游戏交叉进行，像悲哀和欢快的进行曲。直到列车进站，还有人在放声狂笑。仅有的几个拼凑合理的人，也没有变回之前的相貌，看起来都怪怪的。但在新世界，在组合人的世界，他们已经是最美和最帅气的一批。

一切都开始恢复秩序。世界上的一切开始重新建造，正如这列绕着一个圆形运转的地铁，每个人都会回到最初的那个位置。

而李挪撕开地铁玻璃保护膜，看到自己拼凑出的林青。看到她呵护备至的皮肤，它吹弹可破，甚至能看到细微的毛细血管。她看到这一切，突然就不在意那个原本的自己。就像这一列车哈哈笑的人，他们在一场欢快中驶向新世界的旧开始。

>>> *Part Six*

可我知道这不太可能了，除非我丧失记忆，不再了解地域，不再相信过去的每一件事，不再有存在于世或者不存于世的亲人，不再听到那宛如林安怕玻璃从地下渐渐伸出的骨架倒塌般的哀号。

直立行走的人

对于整个国家而言，我们家族曾自豪地分割了这个国家中原地区大大小小的领地。因为身材过于颀长，家族里每一个成年人都成为夜晚城市的向导，担负着水、电的供应，指挥交通路线的疏通——做这一切的时候，我们只需要站立。

“不要忘记，你们是直立行走的人。”中原地区的人们最初这样说，后来国家诞生了，头头儿们表扬了我的家族，我们就变成了城市里的卫士。我的祖父在被表彰的那一天死去了，他是被一口痰噎死的，他死时眼睛睁得很宽阔，能吞没一辆大排量汽车。我唯一知道的是，从那时候开始，我们只是用颀长身体来做一条“分割线”了，而且只是一条线。

幼年时代，我不得不坐在娃娃车里，胳膊被架在车体外面，双腿被固定在大概的范围，曾听到很多高大的成年人（他们喜欢在离对方很近的时候捂住嘴，那些吐出的音节却没有因他们手掌的阻碍变得模糊，在他们的窃窃私语中，我反而听得更清楚了），他们在讲述我家族的细节，虽然在提到每一个人的时候他们都是用“林安家的”来称呼。而那些段落的末尾，他们总要站起身，字正腔圆地重复道：“林安家的当然只能是这样的。”

若干年后，当我乘着这个国家特有的定时火车穿越中原甚至是更远的西部时，我同样听到别人问我“你们中原人是不是特别喜欢吃面”，或者瞪大眼睛比画着说“馒头是不是有这么大”，再或者眯着眼睛，仿佛我是一个从荒野里跑出来的自言自语的疯子，对我说“真的吗？你们中原人都是骗子”。长大之后的我对这些说辞并没有感到任何不适，相反，我却揪出了过去岁月里的那个我，那个幼小的我在娃娃车里听到人们把我的家族韵事像说书一样议论来议论去，并且还以为我听不到，再自作聪明地相视一笑。

我家族的成员并非没有别的选择，他们凭着身高优势都可以独当一面。他们甚至可以做运动员，只需要轻轻一动应该就能赛过刘翔，或者去做营救员，用强有力的手臂把大地的裂缝合拢。他们原本可以做更有趣的事，可惜我家族里的人越来越缺乏体验陌生事物的精神。追溯历史，家族的祖先是迁徙到这片中土大地上的，后代们却越来越不喜欢改变，自然而然地便选择了这个家族中最流行的职业——俗称“电线杆”。其中最醒目且做得最好的是我叔叔，他用双臂撑起了整个中原地区的供电系统，他雪白细长的躯干直到夜晚还散发着耀眼的光芒，让每一个出租车司机都不至于迷路。他同我家族所认为的那样，是一个独一无二的英雄。尽管他抽烟、搞女人，甚至可能比这更严重的是，他花光了我爷爷终生的积蓄，且最后给予他的却是一座在建成第三个月就坍塌的墓穴，那是一个不折不扣的豆腐渣工程，却是由一个儿子送给父亲最后的礼物。

然无论如何，在外人的眼中，他的确是一个模范，关于他的事迹贴满了我从小到大的学校（当然，大学除外，那时候我已经远离了中原，成为另一片土地上直立行走的人，撑起着另一些城市的设备）。但尽管如此，我的叔叔还是一个外人，连带着我的家族，一起成为这个地区的外人。

因为他们称呼我们为“林安家的”。

在学校里，我是没有名字的，虽然我身份证上写着和我叔叔一样字数的五字姓名，但我的作业本上永远是这样一行字“林安家的”，我的考卷上也永远是这样一行字“林安家的”。我的家族成员并非没有反抗过，但没有人理会。头头儿们认为“林安家的”四个字代表着我家族的历史，代表着辉煌与荣誉，代表着人们对我们的尊重。

我并不是要说英雄和世界的关系，我只是想说，在这个世界上，如果一个人像他的每一个同类一样活着，他最终只是成为××县、××市、××省，甚至××国的一个人。无论愿意不愿意，必须要为这个地区的一切买单，始终无法脱离。地区或者故乡这个称谓就像个形影不离的幽灵伴随着一个人的一生。虽然当国家诞生之后，我所在的中原地区里优秀的人们离开了故土，也会以我是××国的人来作为自己的出处，不可否认的是，无论到一个怎样辽阔的世界里，必须把自己圈定起来才能得到认同。

但更重要的，即使通过努力走出一切成长的束缚来到一个所谓更大的世界，也还是要面对一个随之变化的圈定称谓。我家族的人一辈子不离开故土，以不断长高同时坚硬的体魄撑起了一个城市的电灯，却也只是成为一个孤独的“电线杆”，站立在城市的一隅，充当灯塔，充当夜游神，充当一切可能的先锋者，或者，带着自己的风流韵事成为美德背后的真相，成为一切不寻常谈资的领头羊。但他们依然不能代表自己，这里的每个人只是“林安家的”，否则中原人们不会到现在还不知道我神奇叔叔的名字。即使我脱离了故乡，来到另外的地方，他们还是会问我来自哪里，这种询问或许是正常的，我自己也会这样去询问一个人。除非我聋、哑、盲，且毁容，让自己无从辨识甚至失忆，以至于没有一个亲人，没有故乡，没有过去，甚至也不知未来去往何方，我才能被允许是我自己。我在二十五岁那年决定这样做。我第一个女朋友，她是一个南部人，南部这个地区在我的理解里应该是有椰子树和沙滩的阳光充裕之地，她的故乡却潮湿并且生满蟑螂，我们的第一夜就是在那样的一间地下室度过的。我完全没有做爱的兴趣，只是气愤地想着为什么我要在这样一个不是南方的地方和一个南方姑娘做爱，而一旁的她还在跟我争辩这里就是南方的愚蠢问题。

在争执的末端，我记忆里的第一个女朋友从我们共同的床榻上一跃而起，她僵硬地站直身体道：“不然你走啊。”

她或许没有想过我会真的走，但她惊愕的眼光绝不是因为我走这件事，而是因为我走时那个动作——颀长的身体被愤怒拉得更高，并顶起了地下室和地下室之上的一整栋大厦。

“现在我可以走了吗？”我冷冰冰地对着她。她只是迅速抽出她的钱包和化妆品，或者还有别的，然后试图把我所做的事情录成视频发在网上——除却神经质和平胸，她的确是一个优秀的新闻记者。可惜她很快发现，大楼过于庞大，她根本没有办法找到合适的位置把我和大楼都清楚地拍下来。而我顶着那座大厦一直走到了我现在所在的这个西南地区，可惜大厦里的人直到第二天我睡着之后才意识到自己在梦中完成了一场迁徙，但他们把这理解为板块漂移学说的现代演练，并很快习惯了我现在所在地区的美食并且乐不思蜀起来。

我知道，他们后代的后代的后代的后代也会熟练运用这个新城市的方言，并且告诉自己的子女自己是个西南人。故乡就是这样来的，它其实十分不靠谱。最好的方式是，每个人只作为一个简单的人而存在——我是一个人。

但这怎么可能呢？我终于说到了我叔叔的死。

我叔叔——林安怕玻璃，他最初不叫这个名字，至于叫林安什么什么什么已经没有人知道了。他生于1974年，因为我们家族的人必须在名字前面加上祖父的名，这导致林安怕玻璃一生都为五个字的名字感到痛苦不已，比如每一张表格填写的时间他总是要比别人多用几秒，这严重阻碍了他做事情的效率，而他又是个极其不愿意吃亏的人，自然对此十分羞恼。

同时，林安怕玻璃也是一个成长过程极为艰难的人。的确，对于很多人来说，冲破一层身体的阻碍总是很容易的，比如这个世界上日渐稀少的成年处女。而必须给自己加上一层阻碍却是十分困难的，但林安怕玻璃一出生就要面对这个困难的问题。虽然他从祖辈迁徙的性格里继承了他们曾经的不安分，但也得到了极其强硬的体魄，这导致他刚刚学会走路的时候就能扛起一个电线杆并站在电线杆原有的位置上一整夜，在这一点上，他是家族里最彪悍的。就是这样一个人，却必须接受自己一定要害怕玻璃这个事实。

没有人没有不害怕的事物，这个世界不存在超人。林安怕玻璃刚刚学会认字就懂得了这样一句话。他很早就忘记了这句话是谁告诉他的，也许是爸爸，也许是老师，也许只是某个梦里冒出来的话。自从了解了这句话后，林安怕玻璃就在寻找自己害怕的事物。他从一次替母亲清扫玻璃杯碎碴的经历中得到启示，在被划破的手指流出的鲜血里彻底醒悟。

“玻璃是一个多么强大的事物，你看它大的时候很容易碎，细小的时候却极其扎人。”林安怕玻璃如是说。

他如愿以偿了，他找到了自己害怕的事物，还改了自己的名字。虽然经年之后，细密的老茧让他甚至不必害怕任何事物的侵袭，他还是会在一片小小玻璃碎碴面前尖叫着抬起自己的双脚，我成长时所在的中原地区每一次停电大概都与此有关。那不是林安怕玻璃最后成为一个真正异类的原因，真正的原因从他总是试图去清洗自己的过往开始。

1999年的时候，林安怕玻璃二十五岁，他已经是一个高大明亮的男青年，虽然那时候他的老茧还不如后来那样厚实，也足够抵挡老鼠以及雨水的侵略，这让他的身体成为那年大水里唯一没有倒塌的建筑。他用自身铸就的人肉建筑也成为他自己天然的建筑学毕业答卷。林安怕玻璃的名字因此火了一阵，他的笔名“怕玻璃”开始活跃于最初的互联网用户中，且追随者众多。但很快，当林安怕玻璃在实体杂志上再次看到自己的时候，他的艺名“怕玻璃”还是被“林安”所取代，但最重要的是，“林安”后面甚至没有“怕玻璃”三字，而是“林安家的”。中原人终于用他们的集体荣誉为林安怕玻璃上了初入社会之后最深刻的一堂课。始终未能走出中原的我叔叔，他本保有着对世界的单纯、耐心与热情，这对他无疑是一个打击。他原本以为自己至少会像网络世界里一样成为一个不属于“林安家的”的人，甚至不属于中原的一个个体——他那坚持在洪水中的身体建筑是那一年这个国家最神奇的建筑，不是吗？可惜这只是林安怕玻璃的希望而已了，在他的论文以“林安家的”署名发表以后，我和家族里同龄以及更小的一辈也不可避免地只能以“林安家的”被人们所认同——包括我的父老乡亲，包括我离开中原之后所到之处的人们，甚至包括以后的我。我总是觉得我叔叔其实还是以实际行动改变了我们家族的状况，或者用头头儿的话说，他成了一个代言，让我们更团结，让中原的声名更显赫。我家族的人们也像习惯林安的名字一样很快习惯了在交流语境中失去自身名字，林安怕玻璃却一直在郁闷之中。他开始像俗气的男中年们一样喝酒，导致整个城市的电灯都摇摇晃晃，每个人的投影都产生重叠，他还是没有停止发泄。

毕业之后，林安怕玻璃一直乖巧地在家与曾经的电线杆所在位置间徘徊，这让他的双脚已经不能离开这条路线，除非他肯贡献一层脚皮，鉴于疼痛难忍他还是放弃了。而酒精也不能拯救他的心灵，那时候星星满天，或者星星至少比现在要多，林安怕玻璃就在那样的星空之下一个人叹息。虽然忧郁不能吸引众人的注意，而只会让他遭人厌恶，但人们都知道惹恼了他电路估计更差，甚至心里面还会希望林安怕玻璃早日摆脱这样的心境。直到一个女人的出现。

故事发展到这里，已经是一个爱情故事了——至少站在林安怕玻璃的角度来看。

可惜这个女人只是一个存在于空气中的人——她并不是林安怕玻璃的意淫，的确是一个真实存在的女人，可她身体状如空气而不被我们任何一个人所见，而这其中也包括林安怕玻璃本人。

我在离开中原的前夜曾问他是怎么感觉到她的存在的，他告诉我——是感受到的。

而感受，是最让人无处藏身的。

这是一个悲切的事实，它造成的打击一度比署名这件事对林安怕玻璃来说更大。那段时间的电灯总是潮潮的，仿佛能挤出水来，林安怕玻璃这根肉身电线杆不断在夜色里跟空气女人说话，他的言语很像诗，但一点也不烂俗，或者因为林安怕玻璃当时传达给人的善良这一面，那听起来让人觉得真诚。

而这个日后成为我婶婶的女人的身体也终于因为林安怕玻璃不自觉间流出的泪水而变成薄雾一团的影子，但这至少还是不错的了。而随着时间的推移，在白天的时候，她身上所带的林安怕玻璃昨夜的泪水像钻石一样富丽堂皇，一瞬间，甚至每个人都可以看见她了。

这件事对我们是一个强有力的缓解，林安怕玻璃的幸福来了。

在一个谈不上春暖花开但至少比较明媚的早晨，他忍痛失去了一层脚皮，踏着鲜血之路与她领取了结婚证，也举行了婚礼。人们看见一个女人形钻石和一个双脚血红的高大到望不到头的男人在花圃里走了几圈并彼此宣誓，都流出了发自内心的眼泪。我直到现在还是相信他们永远相爱。

婚后的日子的确给林安怕玻璃带来了强大的满足感，这让他的泪水开始显出金子般的荣耀，让妻子的全身开始像金子一般明艳。虽然她总是会不自觉说自己贬值了，但二人还是夜夜幸福依偎，这让林安怕玻璃萌生了和她进一步发展的打算。

这原本对于普通的家庭而言是很习以为常的事情，但对于林安怕玻璃一家却是很难实现的事。

由于妻子身体的变幻性，林安怕玻璃总是担心自己一用力就把她揉碎了，这也让她自己害怕起可能的消融，但爱情还是让他们不得不放弃这些常识进行特别的尝试。终于有一天，在林安怕玻璃撑起的电灯们营造的温馨之中，他终于也享受到了自己给自己带来的美好夜晚——他将妻子托起在自己的头顶，又将她放在自己的身下，她如同一团梦境一样刺激着他的感官，让他不得不加快进程。在一退一进之中，他感觉自己的身体开始变小，而与此同时，她的身体也开始消融，但这并没有让兴奋中的林安怕玻璃放弃自己的进攻，相反，这末日般的狂欢让他冲破了自己的底线，也让她没有阻止他对她身体的又一轮侵略。很快，在瘫软如水的瞬间，热度如膨胀的电流让林安怕玻璃第一次从他身体的“枪”中释放出了浓浓淡青色液体，它们如渴望已久的丛林迅速充满了我婶婶的身体，而随着一阵欲望过后的轻吟，婶婶的身体再次开始变化。

第二天的早上，林安怕玻璃首先看见她变成了一团淡青色的湿润的液体，她浑身释放的气味甚至让他不忍再次爱抚。林安怕玻璃很快离开了她，奔赴自己的工作地。而他全身变成精液的妻子也没能活过那个清晨。在洗漱台上，人们看见水流以更强大的力量把她拆散得四分五裂，除了一摊冰凉的淡青色，人们再不能看见她所留下的别的东西。

这件事给林安怕玻璃带来了深重的灾难。说是灾难是因为从那时候起他的身高开始变矮了，与此同时，他的身体也不再坚硬，而我也数次看见玻璃碎片陷进叔叔脚底的新皮上，撒下了一片片红色的点，铺满了洒水车经过的路径，让整条大街都变成了淡红色的海洋。

林安怕玻璃是从那时开始不再畏惧玻璃的。他身体的羸弱却仿佛让他的心智更加无所畏惧。他一如既往擎着整个城市的电流，尽管他身体的高度在渐渐压缩，但他没有放低对自己的要求，而人们也仿佛没有发现他变矮这件事一样，依然对他持着以往的目光。

只是这些东西都不能再伤害到他了，林安怕玻璃比任何时候都希望自己能够不被发现，他在夜晚依然难忍痛苦，对着许多误以为他只是电线杆的“手枪”少年咆哮，中原医院里住着很多被他的咆哮声震慑至聋的年轻人，但每个人都执意认为自己只是被电线杆吓住了。那种鬼话本该是没有人相信的，中原人却都相信了。但同时他们也开始真正地遗忘林安怕玻璃了。

最初是电流开始日渐稳定，而林安怕玻璃开始很少回到父亲林安的家，即使是过年的时候，我还是能看到他和自己的分身拥抱在一起充当最巨大的那支电线杆。之后我再也看不见他本人，或者再也看不见他的分身，只看到一个他在夜色下继续工作，但过了没多久，包括林安在内的全家族的人（除了我）都遗忘了他。甚至有时候我放学后经过叔叔工作的地方，都会忘记那其实不是真的电线杆，直到有一次我鬼使神差地拿着空玻璃酒瓶去敲打电线杆，听到一声低沉而苍凉的呼啸从地下升起，而电线杆上却仿佛悬挂着两只已蜕化成水泥色的眼睛，直直地冲到我面前。

那或许是我成长岁月里为数不多的开心的日子。我甚至比以往任何时候都更记得叔叔了，可事实证明，我对他无意之间的唤醒只是让他成了另一个和以往不同的人。

那大概是世界小姐团队来中原参观的第二天。事情原本按照计划进行着，但其中一个小姐随着大部队走过林安怕玻璃的电线杆时突然就定住了。

“这是一个人。”那位不知哪国的小姐用我们的母语讲出了这句话。

没有人理睬她，我相信全城除了林安怕玻璃和万里之外的我感觉到了那句话，其余谁也没有察觉到。那或许就是他遇到自己妻子时的那种感觉。我知道他那时一定是激动的，虽然他的全身已经都变成雕塑的模样了，甚至连体形都开始往细长的圆柱发展，但那是他除了我之外第一次被一个陌生人，而且还是一个美丽女性主动发现的时刻。他大滴大滴的泪珠像雨滴一样从城市上空砸向那位世界小姐过于白皙的脸颊，这让她的妆容有点花，但她还是很快觉察到了这“雨水”的咸味，在那一刻以及此后无数次对林安怕玻璃的仰望中，她意识到这是一个不寻常的人，虽然他完全动不了，甚至或许永远不爱她。

世界小姐留了下来。

留下的原因是她觉得她应该拯救这个水泥人。

林安怕玻璃大概是从那时候起浑身扎满了玻璃碴，世界小姐不知从哪里了解到这根电线杆不同寻常的历史，决心用这个方式唤醒他。但她的举动在很长一段时间都未能唤醒林安怕玻璃，却唤醒了我的父老乡亲对林安怕玻璃的回忆，以及我家族的风尘往事，比如林安怕玻璃老婆的死。

但这完全激怒了林安怕玻璃，他用沉睡这样决绝的方式洗刷，却还是没能让他们彻底忘记这些乌七八糟的往事和那些横加在身体之上的标签，他不得不从睡梦中吼出声来，让睡在他脚边的世界小姐欣喜若狂，但她还没能领取那枚爱心奖章或者她倾心的水泥人的一吻，林安怕玻璃就把她一脚踩死了。世界小姐的血如一条河流，渗进了林安怕玻璃皮肤里每个扎着玻璃碴的伤口。

他最终疼痛难忍，从地面一跃而起，也不顾扯掉脚皮的疼痛。而我的父老乡亲也在那一天清楚看到了跃入半空中的林安怕玻璃，他虽然比以前矮了很多，但依然是一个巨人，他们重新记起了他的辉煌，比如用自己的肉身铸就的伟大建筑作品，屹立城市深处的电线杆，照亮他们夜晚的夜游神。

一瞬间，对林安怕玻璃的报道铺天盖地，这让他不得不继续待在电线杆所在的位置，接受来自四面八方的膜拜。因为出名，他不能再轻易去别的地方，但是我的叔叔没有放弃心里不安分的因子，他虽然走出了阴霾，却不代表能再次做一个善良正直的人。

他开始在城市的夜里猎捕女色，不过我叔叔的猎捕是不费吹灰之力的，只要在女信徒面前稍稍展现出灵活的手臂和依然能扭转的躯干，那些女人就一个个拜倒了。而每次女人跪倒后，他便开始实施对我过世的婶婶所做的一切，首先就是在她们的身体内装满自己的淡青色液体，并期待第二天她们再次变为这样的一团。

可惜，林安怕玻璃再没能看到我婶婶死前的样子。

可这没有让他消沉，他反而变本加厉起来。一时间，全城的女人都不敢在夜里出门了，这一直持续到林安怕玻璃真正消失的那天。

我所说的消失并非是林安怕玻璃真正的沉睡，而是带着电线杆原本所在的位置从这个地方完完全全消失。虽然那之后我路过每一个电线杆时都要敲碎一个玻璃瓶看它没有动弹，才能确定这不是伴随家族流浪因子再次迁徙的林安怕玻璃，但我心里还是相信他已经消失了的。如同我认为我家族的人都会消失一样。

可惜我自己还是没有消失，并且愈来愈坚硬，像曾经的林安怕玻璃和我总是不愿提起的我的父亲，或者像我的祖祖辈辈，只是我终于没能长那么高，至少达不到电线杆的高度。虽然偶尔也能扛起一栋大厦，或者把某几个试图了解我的猎奇女记者摞成叠罗汉的样子从窗口丢出去，但我已经连抵御玻璃碴的能力都没有了。

在和第一个平胸女友分手后，我去了高原湖泊附近，在那里结识了我第二个女友，她是一个不探究历史的女人。那时候我已经很少有我家族的消息，虽然我那些中原的同学会在网上告诉我一些电线杆被推倒的事情，但我相信他们已经不再知道那些渴望被认同却又渴望独立的电线杆是我的亲人。但我还是对此保持了缄默，没有对那些对这些渐渐遗忘或者从未了解的人再次提起。我想至少从外界来看，我是重新铸就了一个自己的，一个普通的，只是一个人的自己。

我做过很多种职业，都不怎么赚钱，并且可能将一直不赚钱下去。但我和第二个女朋友第一次做爱那晚又发生了一件事。

在高潮临近的瞬间，我怎么都止不住眼泪。虽然这只是普通的泪水，但让我的女朋友十分疑惑。说实话，我挺怕失去她的，我已经二十五岁了，我不想再失去什么，虽然我已经失去了很多。我努力擦眼泪，但很快我觉察到女朋友开始变得欣喜起来，那应该不是世界小姐或者我婶婶注视林安怕玻璃的目光，也不是我坟墓里的爷爷可能会注视我的目光，那是疯狂的、贪婪的眼神。我看到她开始用双手剥我的泪水在她身上结成的珍珠。

那些珍珠看起来就像真的一样，而她丝毫没有在意珍珠会把她的皮肤剥下来，我看着她血迹斑斑的双手托着一捧又一捧珍珠，我突然意识到婶婶身体上的钻石和金子其实也不是真的，而是完全被林安怕玻璃的泪水光泽影响的，我赶紧让女朋友止住。但她已经走火入魔了，根本没有听我的诉说，她把自己的血肉消耗殆尽，我看到已成骨架的她抬着自己的血肉一路从我们租住的小屋走向远处的蓝色湖泊，我感觉浑身瘫软，却只能跟随而去，而她在湖水的光芒中很快看到自己捧着的其实只是自己的身体，而我的泪水甚至都已经在她的血肉上晾干了，她感到怒不可遏，继而崩溃，并很快感觉到浑身的疼痛，她尖叫起来，这绝对不亚于林安怕玻璃曾经任何一声号叫。而在这样的叫声里，我再次觉察到我的身体起了变化，我的肉体开始再次坚硬，身体也开始瘦长，并慢慢向高原上的月亮接近，我奋力想抓住什么，却只抓到空气，它们在我指缝间逃窜，甚至我努力去哀求都不肯停下来。

我的身体越来越高，脚也不能离开站着的地方了，我闭上眼，希望一瞬间我再次回归普通人，可我知道这不可能了，我只听到自己迅速成长的声音，而我的目光穿越无数记忆再次离开中原，和林安怕玻璃曾注视那片大地的目光、神情汇合，那不同于林安怕玻璃的石膏眼，而是我试图遗忘的眼睛。

可我知道这不太可能了，除非我丧失记忆，不再了解地域，不再相信过去的每一件事，不再有存在于世或者不存于世的亲人，不再听到那宛如林安怕玻璃从地下渐渐伸出的骨架倒塌般的哀号。

我开始努力撕裂自己，先是头发，再是皮肤，我试图让自己死一次，或永远死去。我的叔叔，我的父亲，我的祖父，他们都已经不见了，只剩下了一个留着遗传因子的身体，它不断变化成他们的样子，我知道它还会变下去，变得更坚硬，或许不久之后我就能看到它再次站在了中原的大地上，以一种嘲笑的姿态对现在的我说："你到底只能是个中原人。"

但我知道这已经不错了，至少它没有说："那个林安家的。"

>>> *Part Seven*

他抬起头，直视它，试图剔除刚才涌动的记忆。反正没有身份，他也可以不必回去，就像整个楼下也封锁了他的通路，他将在城市之上一直徜徉下去。这让他激情万丈。

自 由

每一个夏天快结束的时候，我们都会来到城市中央。那里有一片下沉广场，闻不到香气的美人蕉和樱桃树围着我们。大大小小的石块码在路两旁。铺开的餐布上摆满时令蔬果，还有切好的牛肉、焖好的酱鸭、啤酒、鲜葡萄。我们面对面坐着，耸动的双颊像两片薄薄的羽翼，随时能带着我们的下颌骨展翅高飞，像一根丝线被抽离身体。每一根骨头，每一坨皮肉，都可能瞬间崩塌。陌生人站在我们周围，易拉罐灌满他们的声音，偶然蹦出来的几只响动，砸到我们的脚边，交错出声名狼藉的图景。引吭高歌者，都是他人的回音。

我们边吃边随着脚下的地面上升。胃袋、肠道，一路迁徙。抽水马桶从远处赶来。

向前吧。我记不得是谁在说。但不管是我们中的哪一个，它都是我们的心声。

白天走了，黄昏就来，接着是傍晚、深夜，然后下一轮太阳。

我们都知道周而复始，所以明白迟疑也没有用。

先从他开始，再从她开始。一个接一个，清清亮亮。世界是涌动的下水道，而我们纵身一跃。

丢掉了帽子、皮鞋、棒球衫、牛仔裤，接着丢掉头发、牙齿、指甲、小腿、脚踝。

身体的零件砸下去，很快就铺成一条路。我知道他们也和我一样。一切在我的视线内混为发白的灰，以及很深的棕。我辨认着记忆、很多人的影子。非常奇怪的是，当放弃注视自己，下坠就变得没完没了。而我流连着，这惊喜、不愿结束的时刻。

1

每个落满霾的清晨，高压锅盖地板驱赶出的热气咕嘟咕嘟一路沸腾，跳过门边的自动冰箱、折叠茶几，还有柠檬味的壁橱、自动清洗机，在她那只长满黑头的鼻子上徘徊一阵，才肯钻出公寓。也是空调更新速度永远赶不上升温速度，她租下了这套高压锅散热房。但地板变薄之后隔音效果也随之差起来，楼下几层的吵闹声如七零八落的啤酒瓶四下跳跃，透过锅盖缝砸进来，让她的早上尤其难熬。不过想到自己是室内温度最低的百户人家之一，她还是感到欣慰。这种心情甚至击退了她的烦闷。她伸直双腿，右手在惯性抽筋的脚心按了几下，左手捏了一把鼻尖上的汗，眼睛对着墙上的镜子愣了愣神，直到新的汗又冒出来，才爬起来。

她要去对面街区找在柏油博物馆当解说员的同学D，和他一起去巨鲸咖啡馆参加班级同学会。这几年她的家人悉数热死，葬礼把她折磨得快要融化在奔波的路上，这回若不是唯一熟悉的同学承诺一定会去，她仍是不想出门的。即便今天，是传闻中的“最后的日子”。

街上行人很少，车辆更少。流动摊贩和脏兮兮的拾荒者多年前就已绝迹。她突然想起当过城管的爷爷，如果他活到现在，或许早就失业了。她已记不清上次去旅行是何年何月，只记得那时自己很小，很胖，活蹦乱跳的，不像现在，身体越来越瘦，随时能缩进伞下的阴影中。

柏油博物馆陈列着高温纪元到来之前全城所有柏油马路的资料、照片、碎片文物，嗅着这些气味，她感觉身处上个世纪。而D依旧眯缝着眼，半截厚刘海儿盖住眉毛，眼角细密的三道鱼尾纹清晰可见，一撇没刮干净的胡子丢在人中处。他倚着玻璃门跟她说话，右脚不忘钩着一半大理石台阶喊着——

“齐须旦。”

顺着他的手势，她看见瘦瘦的走廊、宽阔的停车场，两排豪车松散地分布着。这里四面都有门，其中排队人数最多的入口则通向地铁。

人们像桶热气，等着随时泼进黑乎乎的轨道。她被他们包裹，觉得自己随时都要被挤出来，继而爆炸。高跟鞋刺啦出两片回声，她像踩着一条废瓷片。不知道是等待让她焦虑，还是空荡荡的铁轨让她焦虑。地板有些湿滑，后面一只脚追着前面一只，让她整个人想要倾斜下去。没有围栏，她有些不能自持。提着一口气，始终不把它放出来，仿佛一旦这么做，她就失去了最后一道障碍。

地铁向下悠了三个环路终于抵达终点站。两个在音乐厅工作的同学一个拉着手风琴，一个吹着口琴，站在出口。他们都满脸褶子，脸皮像粘贴的鬼画符轻轻抖动。

放眼望去，一路深不可测。鞋跟陷入泥巴，别别扭扭地移动。几只蟑螂和蚯蚓跟着脚步徘徊，她跳起来，踩死了其中一只。

“已经不错了，从前还有老鼠。”“手风琴”说。

他们吹得越来越响，四个人很快就像一支队伍。街两旁是爆掉的路灯残骸。几座未竣工的商用房之间挂着竹竿，上面搭着床单、内衣。阴湿湿的水泥干不透，时不时从屋顶落下几坨，他们只能撑起伞。这里地基不稳，又时常有纷争，房子都是临时产权，动不动就易主。红砖裸露，随时都可能拆掉。水电费很高，有市民不愿拉水管，自己挖井用，导致地面下沉很厉害。走在路上的时候，时常感觉波涛声从脚底一层层泛起，仿佛浑身变轻，悬浮，上升。如果不是知道这些地下深泉的哗哗声为何如此迫近，它们也许只是撮合两名乐师演奏的弦音，倒是非常美妙的。可眼下它只让她慌神。

前面就是漆木结构的巨鲸咖啡馆，它像半根一次性筷子斜斜地插进街心花园。

“这次我们主要是为了死去的C聚在一起，但也不能说全为了C。高温让我们断了联系，这是不对的。我们是最后一批在学校读书的人，也是最后一批集体人，我们应该像前辈一样，把我们的美德承袭下去。比如，谦卑、尊重、自信。就算高温纪元不会过去，就算这是最后一天，我们也应该微笑面对！”班长站起来，带头说。

大家鼓起掌。“手风琴”和“口琴”再次演奏，桌上弥漫着愉悦的氛围。有人用咖啡勺敲击白盘和木桌，充满钝感的叮咚声让他们得以回避各种眼神——包括对面的同学。

“就让我们进入今天的主题——在这最后的日子，做我们最想做的事！首先……”班长扫视了一圈，终于把视线落在D的脸上，“来，D，以前你就打头阵。”

“哦……”他挑眉，干干地笑了下，“应该说我最不想做的促使我觉得该做最想做的……我是说，我不该结婚，也不该继续工作。要知道，现在这个时期，给谁卖命都不如自己享乐重要。所以我决定过简单的生活，回归单身汉……人到最后，总要为自己活。”

“激动人心。”大家异口同声地说。

“激动人心。”她说。

“你呢？”班长发问了。

“齐须旦，如果D单身，你们会约会吗？”另一个也戴着隐形面罩的女同学说。

“这怎么会呢？我和须旦是最熟悉的，会有谁傻到放弃一段关系又自动投入另外一段关系呢？我太累了，需要休息。”

她涨红脸。如果不是眼前的咖啡喝完了，想必她一定会把它泼在D的脸上，可一桌理所当然的气息让她无从发作。她感到一阵恶心，冲进洗手间。

“……我不喜欢宠物。可我老婆喜欢，她喜欢养鸟，还捯饬一群。鸟这种东西很恶心的。嘴巴尖尖的，会伤到小孩子……鸟粪……还要交给我处理……我打算这次一定要把恁大一群干掉。”“手风琴”比画着说。

“难度很大吧？如果你需要帮忙，请找我。”“口琴”顺势说道。

“我看到南部有科学家提到新的大陆漂移说，还说全国都会一路漂到临近大洋，和新的陆地黏合，我想在此之前去那片大陆看看。”一拨人讨论起别的主题。

“这是想赶走那一圈儿移民，也可能是想建立新的联邦。反正现在环境这么差，不整点新事来，早晚出问题。”

“先不说这个，最近都说地面下沉，好多大楼都给埋了，那照这样下去，先被折叠的应该是我们自己吧？”

“如果是这样，更不用去别的地方了，从搬到地上，我还没见过新街呢。”

一阵咚咚声，对门正在盖的新商场砸下来大块水泥，伤了不少行人。不过在巨鲸咖啡馆的他们兴致盎然，没有人想理会外面的事。

“我到现在还记得你物理作业没交，一个人跑到教学楼顶层要跳楼。”班长说着，眼睛顺势被美瞳放大，好像随时都要跳到须旦面前。班长扎着马尾，头发油油的，下巴因为打多了美容针仿若圆规的尖头，随时能把人戳穿。刘海儿粘在脑门上，几片头皮屑似掉未掉挂在左侧头皮。

须旦看见咖啡已经换成了一排现调酒。五颜六色的酒身随着歪歪斜斜的巨鲸咖啡馆，逐渐混沌成同一片颜色。荡漾出的几滴溅到她的睫毛处，她揉一揉，隐形眼镜掉下来一片。两只眼中的影像在边界交错，有的人脸清晰，有的人脸模糊，有的人脸拉得很长——从额头到下巴，没完没了。桌上的几滴咖啡在她的视线中放大开来，每个人都捧着下巴注视她，这让她只能放弃关注自己。

“我最想做的……当然还是要去高处才能明白。”她说。

“哪儿有高处啊。”

大家叹息着，开始低头喝酒。有些人喝完了，就吸吮杯子，简直要把鼻子塞进去。

她想起从前，每个夏季她都会和父亲去野游。最开始的时候他们在田地边缘、铁轨边缘、广场边缘，因为要避开高处，这些是城市里少数父亲愿意带她去的地方。后来，栽种的花成片死去，她开始喜欢把父亲的男士香水洒在假花上，假装自己处在自然之间。她还会穿着祖辈时代风格的裙子——露出脚踝和小腿，连晒出的伤口都能被她文上文身……

“马上你们就看到我会做那件事了。”她突然说。

一桌人面面相觑。

“齐须旦，你真的敢这么做吗？”同学D耸着鼻子说，

汩汩的泉水声从远处、从深处，渐渐浮上来。她突然觉得自己离真正的自然如此近，她闭上眼，假装就在桥上、大坝上，眼下不是来往的车辆和随时都要倒塌的楼房，而是透明的河流。她就站在

破败的过去，只须一步就能高飞。

“我为什么不敢呢？”她说。

“那你把面罩摘了嘛。”D说，“丢掉一切你才是你，这不是你曾经说的吗？”

“从你有这种想法开始，你所做的一切都只是在续命……”他继续说，“不过，齐须旦，你根本不敢啊。”

她不理会他，说：“难道刚才你们承诺会做的事情一定会实现吗？”

“可你连说都没有说。”

“说什么呢？”她一口气干掉杯中酒，“说我最想做的也是抛下这一切吗？可我还有什么是能抛下的呢？你们都知道我喜欢高处。但我不是物理作业没写去跳楼。而是……当它摆在那里，当我站在那里，就想要跳下去啊。你们无法理解这个，因为你们不是我。我没有结婚，也没有女朋友，房子是租来的，我爸失踪了，我妈……我并不想提这个人。还有些别的亲戚，有时候我会去照顾他们，但有时候我不会。这城里每一家养老院我都知道，我都去过，因为那里都可能有我的亲戚。我不像D，我早就把他想做的事情做完了……

“你们明白了吧？现在我坐在这里，才是一无所有的，不用再做什么了……当然，一定要做一件事的话，那还是有的。”

她盯着大家的眼睛，而巨鲸咖啡馆终于像她担心的那样开始倾斜、下沉。有人在指挥撤离，也有几个同学挂念家里人急急忙忙走了——没有人知道他们能不能平安到家，或者即使到了家能不能不被残留的暑气灼伤。他们行进在高温纪元最后的路上。剩下的人，有的因为无牵无挂，有的因为决定了无牵无挂，终于不再奔波，而是坐在这里，为他们这半条命哀悼，为这尚未消化掉的半个夜晚哀悼——所有的聚会总到最后才回归真实。

她摸着自己的防护面罩，又摸摸自己的假发，还摸了摸这对曾经被晒化的假胸。一切都是假的，她知道，D也知道。他们在座的每一个人，怎么可能不是假的呢？可对她来说，这已经不再重要了。巨鲸咖啡馆在下沉，周围的一切也在下沉，这一切很快将坠到地下深泉中去，成为孤岛、海中陆地。她只需要找准这个时刻——如眼前，所有楼房在倾斜、形成废墟，倒在咖啡馆脚下。布满假花的花园终于在此刻变得不那么孤僻，因为一切都成为碎石瓦砾来支援它了。它们铺成一圈圈石子路，只等下沉到最后的时候把它掩埋。然而巨鲸咖啡馆和街心花园仍是最高耸的一块陆地。只要走在边缘，她就能脚下生风。她也确实那么做了。

“我想抢商场。”

“我其实喜欢男人。”

“我想去中央大厦吃三十万一顿的霸王餐！”

“我就想当个废柴。”

声浪一句句砸向她下坠的身体。一场暴风雨。

一切在下坠，连他们注视她的目光也在下坠。他们想要一起度过的一天实在太糟糕了。这里连黄昏都看不到。死把他们封锁在自己的胸膛。须旦从手上的芯片表看到现在的时间——十九点三十分，这正是城市黄昏到来的时候。夕阳将在这时铺满人间。

她想起不久前，她用最后一只耐高温电话打给自己的姨妈、姑父，还有舅舅……她大声告诉他们自己要结婚了，需要他们来。她的长辈们在电话那头欢呼雀跃，就像很多年前她那些即将热死的表兄弟姐妹听闻须旦可以代他们照顾父母时一样。一时间，她突然觉得父亲的失踪对她而言是一种馈赠。而亲戚们在电话那头用尽全力的一跳也仿佛牵断了她最后一根神经。

温度是那么高，他们前赴后继，皮肉粘连着钢铁铸成的马路，一条条扯下来。有两个勉强打到车的亲戚，他们的手臂在开车门的时候就粘在上面。车门像很多年前须旦家里那张粘蝇纸，挂满身体残骸。先是皮屑，再是血管，直至把器官一条条扯出来，铺在路上。头颅倒是坚硬的，磕在马路牙子上，流出的血很快沸腾、熬干。在养老院生活多年，他们中没有一个人知道自己在高温下需要做什么防护措施。当然须旦也没有提起过，照顾他们的护工更不会提起。

血肉联结着肾、肝、肺……直到心脏，一路绵延到家门口。有几个人的骨架到底是找到了她的家。它们敲敲门，问是不是它们的外甥女、侄女，或者外甥女大爷的孙女。

她给它们开门，让它们坐下。她没有认出它们，所以统一喊成姑父（这个称谓显得关系很远，让她自由）。可它们并没有生气。甚至还有的，干脆掏出肝脏说这就是份子钱了。她当然没有接。她只是请它们到客厅，到卧室。告诉它们高压锅散热房的科学原理，解释了现今生活的变迁——她这么岔开话题是想听到辱骂，这会让她感觉好些。

可它们没有问。它们只是问自己的外甥女、侄女——齐须旦，要结婚的那个男人呢？她的丈夫在哪里？婚礼呢？为什么没有人来接亲？

“当然和你们一样热死了。”她说。

可它们当然不相信。它们暴跳如雷，直到发现自己的唇齿已经在刚才的高温中融化，话语也成为一声咕哝不清的嘶吼。骨架在这样高幅度的震慑中终于粉碎。它们就像让须旦徘徊不前的高楼、山巅一样，倒了下去。

她看着它们倒掉——像一盆脏水化入城市的雾霾。她知道一笔巨大的丧葬费正在来的路上，不过好歹，那是她最后需要付出的东西了。

2

又一个驾驶地铁的黄昏，齐浩孟渐渐深入地下，整座城市像小时候玩的积木，一层层的地铁环路仿佛立交桥的倒影，遥相呼应。城市变得更为辽阔，而自己在其中飞腾。

他一直在搬家。从护城河到立交桥，从卫星城到老区的旧屋。十二岁那年，他因为多次企图跳楼被关禁闭三个月，母亲执意把家搬到地下室，不惜远离所有的亲戚。

那是一团灰色记忆。老鼠、蟑螂，还有各种说不上名字的小昆虫是他的噩梦。虽然在无数个清晨，一个个崭新的脑袋从下水道井盖钻出来，有的上学，有的上班，有的摆摊儿。他们脸上的淡漠表情提醒齐浩孟，他并不是唯一住在地下的人。这也给母亲提供了很好的说辞，让他只能郁郁寡欢地接受命运的安排。这一住，就是许多年。

这些年中，他从中学读到大学，每一个女朋友都在去过他家以后提出分手。经济危机时，他依靠从未出现过的父亲齐景长的关系，获得了经培训进入地铁站工作的机会，得以搬离母亲家。租住的房间内只半扇窗有光。其后，他见证了第一列24小时地铁线路的开通，成为其司机之一，有丰厚的夜班补贴。但他不喜欢这份工作。

三十岁，他和一个在市中心某内衣品牌店做导购的女人结了婚。没人明白她为什么找得到那样一份工作。她是个跛脚，讲话漏风，业绩负数，不过细腰酥胸，喜欢天天换最新款的内衣穿。有的时候，齐浩孟从外面回来，她还喜欢穿着它们站在窗台，有意无意地露出大腿根部。他不得不承认，若不考虑残疾的话，她的身材算得上很好的。他们每天的做爱时间只在他黄昏上班前的片刻。如果有人在下班路上看见一个慌慌张张骑着电动车回家的女人，那或许就是齐浩孟的妻子。

三十一岁，为考虑新生儿的成长，他在小区二楼找了间房，仅在下班后的深夜偶尔前往。这严重影响了家庭和谐。产后，妻子前往娘家安胎，又三个月，提出离婚，因其经济来源微薄，法院判齐浩孟抚养新生儿。

新生儿患两性畸形，术后，性别确认为“女”，取名齐须旦。

女儿的到来让齐浩孟的生活逐渐规律。每周，他会在上班前把她带到托儿所，与晚霞交汇的那一刹，他终于理解了前妻曾经奔波在路上的辛苦，并对她产生了前所未有的爱意。

那之后，他时常站在地铁口，把随便一个动作颠簸的女人当成前妻。他有一个上世纪末大生产时代的卡片机，记录了许多这样的女人。每次下班之后，他披着一身的夜色把自己关入洗手间，对着马桶“打飞机”。时间久了，就有些难过。尤其在黄昏开始上班时，有气无力，空洞感严重损耗了他的身心。

长久的生活缺失让他不再忌惮改变，并重新审视当年的恐惧。他回到幼年生活过的地方，在休息日绕着卫星城狂奔，大汗淋漓，越来越激动，几乎要穿越黎明。但中途偏偏下了暴雨。

那天，街道封锁，车过不去，便是地铁口也被淹没。他穿着蓝色运动衫和跑鞋，小腿溅满水渍，双脚踏过冰凉的雨水，泥沙和混合着泥沙的垃圾从脚趾间穿过，激流勇进般的快感从脚底升起，刺激他大踏步往前。下水道的井盖浮起。穿过湿漉漉、慌张的人缝，伸缩不开的步伐让他焦虑。视线之外都是拥挤的市民，一排天桥遥遥朝他招手。他一步三台阶跨上去。桥下招车的人和决心走回去的分成两列，纵横交错。全城如一座倒塌的假山，每个人都像一具具失序的卵石随意排列组合，抓挠着他的心。他站在桥上，感觉自己也要随他们一排排翻滚，奔赴远方。

心脏扑通通跳，仿佛一面自上而下夹击的鼓。他僵硬地立在天桥的一边。栏杆在雨水的冲洗下晃动、模糊、瘫软，像一面决堤的泥墙，很快从他视线的右侧垮下去。他伸手想把它扶起来，颠簸的快意。指甲盖被掀翻。他紧闭双眼，又睁开。风把他堵得死死的，没有退路，冲向前方只须迈出一步。

右脚挨着左脚，鞋底粘连着地面的积水，把他向前推又往回拉。他像摇摇欲坠的峭壁，肚子前凸，肩膀后挺，如一面190度的软尺。

最后几滴雨顺着风砸下去。童年奔波在路上，很快来到此地。

1……2……3……

不是他在敲击地面，是有人在喊。他感觉自己正在碎裂成一块一块，有秩序地从这架全城最高的天桥上跳下去。这让他害怕。

一瞬间，仿佛为了躲避这种充满暗示感的情绪，也仿佛不想证明自己和小时候一样。他捂住双眼，往回跑。

来往的自行车、电动车剐破了他的小腿。几排随暴风倒下的树侧躺在他眼前。

他被风推着，不记得自己走了多久。在一片漏雨屋棚的哀号中，他的地下室却完好无损。

三十二岁，齐浩孟终于借此从心理上接受自己是个地下人，回到地上的愿望就此搁浅。他渐渐享受在地铁站的工作，甚至对刚上幼儿园的须旦教育不停。

每一个去上班的黄昏，他都会把她抱过去，告诉她如何凝视地铁隧道两边灰色的墙壁。他说，城市正被地铁分割成一小块一小块，只是走在地面上的时候，大家感觉不到。

“那城市也是个地图吗？”提出这个问题的时候，须旦三岁半。这句话给齐浩孟留下很深的印象。以至于几年后，当他处在那个似乎怎么也不会消失的隧道时，他想到的不是马上一无所有的自己，而是这句话。

“并不，地图是画好的。可地铁我们还在画啊。”

父女俩的对话到这里就戛然而止了。每当齐浩孟再次回忆起来的时候，他当时向前凝视的目光仍仿佛紧贴面颊，隧道两边黑洞洞的墙壁似斩断的一张脸，被迫隔着一列地铁。

如果地图是反映自然历史基础下的城镇规划，那地铁或许就是现代文明开疆拓土的雄伟尝试。也正是地铁工作的枯燥，让司机需要付出更多的耐心，至少具备在常年滚动的黑夜中穿行的能力。纵然没有亲眷，也应该像齐浩孟一样，怀念前妻，带着女儿。地铁司机需要家人。当漫无目的的黑暗展开，你不知道他们会消失到哪里——但真正体会到这一点的时候，齐浩孟已经没有机会表达这样的言论了。

那是他三十五岁生日当天，突然出现的跛脚前妻一路在车头兜圈，齐浩孟终于看见了她。

她眼窝塌陷，两颊瘦削，脸上带着被生活研磨后的怨气，看起来就像和他十多年未见似的。她一路盯着他，目光要把他的后背盯烂。也是下班的时候他才和她说上话，但她已经泣不成声了。

他以为接下来她会诉苦一阵，但她什么也没有说。齐浩孟只能不停讲着女儿。从零岁一直讲到现在，讲到他疲惫困顿，只剩影子。穿行不停的地铁前，前妻哭泣的样子像在给他回放那个下班后奔向丈夫的女人身影。他的心沉下去，不得不拥抱了她。脑海里流转过许多他们的细节，如今都模糊不清。

直到她一颠一跛地踩着高跟鞋跟他回家，像一条抖动的乳房。

打开房门，手提包丢到一边，解开内衣紧扣，撩起裙子。他比婚内更用心。预演中的哀喜。吹开的一角窗帘把剩下的夜晚甩到床上，很快就四分五裂。一个动作接着一个动作，很快就变成一种迟疑。

他在她体内，她的泪滴在他肩上。齐浩孟感觉自己又置身那场雨中，整个人变得柔软、怯懦，随时能被突然袭来的情绪扭捏成新的形状。她头抵着他的胸口，汗水混合半高潮后的怅然，把他们叠成一个。她在他之上，若高山仰止。如圣母，宣泄奶水。

盘旋的双腿粘在他身上。体液抽打着体液，迅疾而粗壮的激流勇进徘徊在耳畔。一种哀乐。他听闻八百米地下有深泉，但从未见过。眼前仿佛就像了。他不愿意说自己和这条肉的感觉分离，只是继续机械运转。她盯着他看了一眼，坐得笔直。又几下，像卸掉什么包袱一样，她缓缓地说："其实，须旦不是恁闺女。"接着，她跳出这具躯体，套上裙子，披上外套，像逃离火灾现场一样离开了他。

不知道过了多久，外面鸣叫的喇叭提醒大家新的24小时地铁线开通了。滚动新闻也在欢呼这个消息。上班的时候整列车都洋溢着兴奋感，话语随他们的衣领、眉毛、下巴抖动，似一张张娇俏的贴纸，从许多人的脸上噌噌飘下。但对地铁司机而言，他们的生活不会因此有什么改变。这些人被放置在地铁迷宫里面，彼此不会遇见。城市仿佛一枚越胀越大的肚脐，总有新的线路等待开放。这一张等待画出的地图，分不清哪里是出口，哪里是入口。齐浩孟百无聊赖地开着，穿过一些隧道时，他甚至直接闭上眼。仿佛故意用“失职”制造刺激。

他闭着眼。火车头像只尖下巴戳穿泥土。他感觉自己被风包裹，睫毛都要被吹起来。每一束风都像日光一样将他围住，也或者把他粘在轨道上，运行不止。

他闭了很久，已经超过任何一次闭眼的时间，没有任何一束可能的亮光提醒他到站了。车内也没有人发觉这件事。他逐渐有些不安。但睁眼面对隧道，更不安。他只能让眼睛张张合合，眼皮像卷门帘。

齐浩孟想起今天没有接须旦放学。起床的时候他一身黏腻，只想把自己晒进空气中。没有信号，他莫名感到轻松。昨晚那串脚步声又回来了，遥远得像踩在心上。踏出新的路，一条条向四面八方延伸。仿佛发射出的箭，迂回一道，再射向自己。嗖嗖的风声在耳畔疾驰，他开始紧张。车内不再闹腾，大家你看看我，我看看你。车灯一闪一闪，接着彻底暗下来。乘客们像摆设，站着，或坐着。密密麻麻的一车人，在这样的时刻，全都像个蛋饼，瘪下来。

他不再闭眼，持续盯着前方，试图让自己像之前那样平静地凝视黑灰色的隧道。他的目光是一桶摇摇晃晃的油，眼前的一切都是刚毕业时的面试大厅，每一根汗毛都直直地想扎向外面。整个车厢沸腾，甚至有人试图让列车停止。每个人都在说话，齐浩孟听不见一句。

透过半开的衣领，他看见制服下面软成一团的胸膛、起伏的小腹，耐不住寂寞左右乱晃的右腿、迫近的呼吸声，它们像贴在他身上，给他穿了一件又一件衣服。这条路没有终点，时间是凝滞的。他脑子里逐渐空白。他弓着背，车头直切大地的心肺，冲上前的肉身却是他，看不见的血似要浇得他一头一脸。

隧道长而无趣，像站着两排面无表情的同事，对他展开一场史无前例的列队欢迎。他们招招手，还吹起口哨，很快就把这片地下陆地让给他。

车内还是没有人说话，四周黑黢黢的，空空荡荡。齐浩孟感到恐惧，他像被塞回孤独“打飞机”的片段人生中，被塞回被前妻抛离的那个晚上，独自凝视黑暗中挺立的那个“自己”。那个“自己”孤僻，没有眼睛。它也许曾无限接近自己，但在那个晚上是远离自己的。它单纯地与整个空缺感对峙，保存自远古时代以来，自人类诞生以来的原始冲动。正如此刻，只有再次注视前方，想着前路，跟随这个脱离自我的“自己”前进，才能让他摆脱这种孤绝的慌张。他想着，绷直身体。

隧道在变得宽阔，列车在变得庞大，甚至还可以换方向，向左，向右，向前，就是不能向后。他索性甩开膀子乱开。列车变得又轻又薄，很快浮上隧道穹顶。像挂着的巨型玩具，只等主人一声令下。

齐浩孟兴奋起来。就像小时候，地铁还没有普及，他也是这样随心所欲，他站起来，不扶自行车把，穿过整个巷子。那是多么自由的时光。

他盯着前方，目光舒展开来。他没有去想幼年自行车行至尽头时他做了什么。那或许是面对高楼的战栗与渴望，又或许是因无法越过一座立交桥的沮丧。无数城市的庞然大物站在他的脚边，或离他不远。就像时间堆积在那里，再也不能向前。一排排时间就这样滚过去，阀门堵住它们冲入下水道的机会。他是多么无所适从啊。此刻，终于再没有什么阻碍。

眼前的一切都是他的了，怎么走都可以。隧道越来越宽，穹顶越来越高，铁轨早已抽离，四通八达。列车像一面长长的手鼓，齐浩孟一顿猛敲，渐渐把自己也敲进去了。放眼望去，空荡荡，世界无限广阔。泉水的声音离他更近了，更遥远地下的回声一波波冲进列车。他血脉偾张，无限疾驰进入黑暗的远方。列车框住他，他也控制着列车。他们互为内胆，乘风破浪。直到他发现整个地下都是一片崭新的荒原，无头无尾，无始无终，多么自由。就像洪水中奋力抓住一根稻草，最后却发现稻草随陆地而逝，而他顺水漂流，很快消失不见。

3

家里客厅东面，长年摆着许光明用坏的七个饭盒。它们按照时间排序，组成哆来咪发唆拉西七个音节，每一个都唤起齐景长的记忆。最年老的一只，沾满骨头汤的味道。那也是医生特意叮嘱，说骨头汤利于许光明康复。

齐景长一直没搞明白，她到底得的什么病。小的时候母亲和父亲偶尔还会提起她。在他们的谈论中，一切都以许光明更年期的那场病为分水岭。得病前，她和他们住在一起，很早起床，用缝纫机的声音叫醒他们。她在街西一家成衣店工作，擅长改各种裤脚和领口，把补丁打得美观大方，也懂得修改各种裙子的款式。这附近两条街，总有上了年纪的人愿意把衣服拿给许光明改。她改衣服像绣花，仰仰脸，伸伸腰，踱踱步，一天只改几条，黄昏就前赴后继地来了。长久以来，她就那么数着黄昏过日子。但得病后，她就变了。她经常很早就睁开眼，蹬着黑色皮鞋，噌噌地走到成衣店敲店主的门。也有时候，她突然在夜里睁开眼，黑洞洞的房间里仿佛藏匿着许多双眼睛，她就对着这片看不见的眼神咒骂。最长的一次，她骂了三个小时，吵醒了半栋楼的邻居，父母只得给她搬家。

齐景长那时候还小，放学后时常跟几个赖皮孩子一起玩，身上手上都是泥灰，每次玩完回来，总是一口脏话。一次，他一步两台阶跨到楼上的时候，母亲正在给许光明装饭，父亲则负责把她的行李打包好，挨着饭盒放。直到楼下搬家公司的鸣笛声响起，父亲才扭头对他说："跟奶奶说再见。"齐景长愣了愣，一时间不知道该说"奶奶"，还是该说"再见"。这两个词组突然成为沟壑，势不两立。他只好挥了挥手。

许光明搬到离他家不远的城中村，租金便宜，住满形形色色的洗头妹。她们穿着几十块钱的衣服，用着劣质口红，按摩一次五十块。街头有一座殡仪馆，长年飘着灰色的烟尘。有一次出走，她蹒跚着步子晃到那里，看到一车陆续抬进去的尸体，它们被白布盖着，看起来清清爽爽。她看着它们挨个进去，看了很久，渐渐就流出了眼泪。送饭的齐景长来寻她，她没有应，仿佛一应了，这悲伤就跑了，一跑，她就要再回到自己的悲伤——回到那个房间，看着那个饭盒，想着只要全部吃完，胃就填满了，她就可以安心地休息了。

她的饭食一路从各种煮得烂熟的粥到饺子、豆腐花、烫饭……鸡蛋味混着菠菜味，猪肉馅裹着羊肉馅，每一种气味都像把饭盒当成了家，生生地长在了里面。打开的时候，齐景长觉得无数个许光明要钻出来。

她是那么安静，时常像雕塑一样把自己摆在房间里。往往齐景长敲伤了手指，她还没有听见响动。东西送来了她就吃，吃太饱就吐，从不废话。不吃完，绝不让齐景长把饭盒带走。她爱擦地板，洗手间也擦得像餐厅一样窗明几净。不擦地板也不吃饭的时候，她就坐着，或者躺着，如果齐景长忘了送饭，她能躺上一个白天。她身材矮胖，走起路来摇摇晃晃，就像墙头的钟摆，一左一右。仿佛能这样一直老着，没有变化。老到房子产权到期，老到整条街被扩建风潮惹得改头换面。

为了防止饭洒出来，齐景长只得时常低着头，看着饭盒，看着路。每送一次饭，母亲就给他五块钱。他拿来买了瓜子，或买一种叫唐僧肉的零食。有时会攒一些，用来买画片，每天下午放学后都要在教室后排和同学们干一仗，拍得掌心红肿，乐此不疲。

父母不喜欢他玩拍画片，每次争吵都会从这个问题开始。但吵着吵着，他们争论的焦点又不自觉拐到许光明身上。齐景长不关心他们的争吵，偶尔声音太大，他就跑到楼下，满脸泪痕地叫来邻居阻止父母的争吵。时间久了，他们吵得越发不分场合。中考放榜那天，当公交车司机的父亲和当售票员的母亲在他们自己的那辆车上吵了起来。父亲脸色赤红，直接把车停在路口，跑了。留下母亲痴呆呆地站着，脸上挂着泪痕。过了好大一会儿，接替他们的车才来。

那之后父亲就离开家了。齐景长在一个去饮水机前接水的清晨看见他的行李，它就像一个沉默的背影，侧立一旁，高大、瘦削（在往后的日子里，那包行李常常在脑海里回荡，把他从梦中敲醒）。而母亲的鼾声却在另一间房内响起，仿佛对一切都一无所知。客厅东面摆着的坏饭盒已经有两个。齐景长无聊的时候就用筷子去敲那两个饭盒。它们一个是塑料做的，一个是木头做的。木头那个装不了汤食，声音钝一些。塑料那个轻薄一些，声音没有力量，混沌不堪，正如日常。

许光明搬到了三条街之外的养老小区，之所以叫它养老小区是因为那里老人多。站在楼梯间咳嗽一声，整栋楼都要碎成玻璃碴。许光明住在中间一栋楼的中间单元，父亲有时候会去那里送点钱，但许光明不会花。有时候齐景长到了，她就指示他花掉那些钱，偏偏那时候齐景长也不会花钱，最后这些钱还是流到了母亲那里。父亲发现这件事之后，再次和母亲大吵一架。那时候许光明已经用坏了第三个饭盒，是个不锈钢小锅。按理这不该用坏，但母亲和父亲吵架之后，拒绝再洗许光明的饭盒，为了送饭，齐景长只好自己洗。他想当然地把不锈钢的那层钢刷掉了，锅底从此密布渣滓，不锈钢饭锅宣告报废。

日子久了，母亲渐渐不再做许光明那份饭。只有渐渐长大的齐景长还记得敲敲她的门，确认她还活着。但有时候他也会忘记。最久的一次，一连三个月都没有人提醒齐景长要给许光明送饭。他想起来的时候，敲门声震落了几层灰，许光明才茫茫然醒来，蜷缩在床头，如一把老骨，灰白的头发卷在后脑勺，眼神浑浊，动荡不安。她手指弯曲，双臂占满床板的凹痕，整个人像一条毛巾晾干在床上。几大张外卖单摊在餐桌上，一双42码的皮鞋和一张落下的身份证预示着父亲来过。齐景长皱皱眉，把身份证拿起来看了看——“齐彭殇”三个字醒目又陌生。小的时候他问爷爷为什么会给父亲取这么苦大仇深的名字，他只是翘翘眉，伸出五个手指，念叨着那句古文：“固知一死生为虚诞，齐彭殇为妄作。”而一边的父亲冷冷地说：“掉够书袋了吧。”那时候爷爷已经快要九十岁了，脑筋不是非常清楚。语无伦次之间，只懂得重复齐彭殇的名字。当然，偶尔也重复母亲和许光明的名字，但都是咒骂。想着想着，记忆就没完没了起来，齐景长呼出一口气，把那双鞋丢到了垃圾箱，看了一遍房间的陈设，说：“赶快收拾收拾，搬家。”

他这句话是对许光明说的。不过，她那时候已经听不懂话，更不会说话，偶尔蹦出几个音节，也完全连缀不成一句话。它们像流水一样从喉咙里蹿出去，不代表任何意义。他没有向父母请示。那个夏天，母亲再嫁，随新夫去了外地，时不时给齐景长打电话问他有没有找女友。他很不高兴，最后直接换了手机号。而他与家里的最后一次联络，就是凭父亲的关系在大专毕业后做了城管。每天在菜市场和政府大街一带流连，收走了不少小贩的摊位。

这次给许光明搬家，齐景长没有找搬家公司。许光明的行李仿佛萎缩了一样，两只箱子就装满了。他以父亲的名义给她退了租，在城北一条僻街找了处小院。房租不贵，就是交通不方便。不过考虑到许光明也不出门，齐景长觉得那里很合适。

院子后边是一所工厂子弟幼儿园。进进出出的小朋友和不远处的轻轨遥遥相望，城市的烟尘离他们很远，但齐景长知道它们就徘徊在头顶。

自从有了院子，许光明就喜欢站在门边。最开始，齐景长怕她出走，还找个人看着她，后来发现她完全不出去，就随她站着了。许光明足足站了三年。每次齐景长去看她的时候，她脸上都挂着同样苦大仇深的表情，身体似一堆松散的零件拼凑而成，佝偻着背站着。不管吞咽多少食物，她还是胖不起来。

齐景长的工作渐入佳境，也终于有了两个手下。他们三个负责清理主要街道的流动商贩。每天下午四五点时，都会突袭一些街道。扫荡一遍之后，城市整齐很多，虽然也会掉下几双袜子、鞋，几个假镯子和耳环。但一眼望出去，街道清爽，密集得恰到好处，齐景长很高兴。尽管这种成就感往往在刚开通的轻轨呼啸而过之后，就烟消云散。

他一直没有结婚，恋爱倒是谈过的。随着年龄增长，大部分姑娘都结婚了，他能遇见的多是人妻。约会的时候，她们会用伞遮住脸从他的家里走出去。这让他时常记不住她们的脸。更多时候，除了探望许光明，齐景长就在房间里抽烟。他的烟瘾随着上班时日变长加剧。家里每个角落都有他散落的烟头。它们就像一面散点透视的地图，连缀成齐景长的生活。那些点，就是他离开的亲人。

那些年离开的人很多。有的安安稳稳老死，走向坟墓；有的老年痴呆后老无所依，不知道走到哪里去了；有的在外面没挣到钱不好意思回家，干脆就变成了流浪汉。他们像飓风中一条条从天而降的鱼，来则来，去则去，不管带着什么样的表情，最后总会被抚弄成统一的神色。正是如此，每次去给许光明送饭的时候，齐景长都会抚一遍她的表情。他会把她向下斜着的嘴角微微往上提，把她的眉毛略略按平，甚至还会把她眼角的皱纹揉搓一下，仿佛这样，许光明就会变得平整。她就像一座软雕塑，任凭齐景长如何摆弄，都不发一语，身体各个零件好像都丧失知觉，只有吞咽这个动作能让人看得出她还活着。

唯洗澡比较费力，齐景长不得不雇保姆给她洗澡。每个保姆都干不长，到了后来，这项工作就落在齐景长身上。许光明下垂至扁平的胸部和黄棕色的皮肤让她整个人显出原始人的征象。皱巴巴的皮肤纹理就像史前人类用器具刻在岩石上的图案。手臂处青筋凸显，如山峦。腹部稍显鼓胀，如钟鼓，仿佛吞了饭盒，敲一下，就有暗沉沉的声音钻出来，从周围的工地传来——那是正在进行的工程交错的声音。有的已经投入使用，有的还在造。一波波声音从远处赶来。齐景长管辖的政府大道处于全城中央，汇集着四面八方的声音，也耸立着四面八方赶来的建筑——南方施工队的立交桥、东部施工队的轻轨，还有西部施工队的快速公交。站在齐景长的办公室向外望去，能看见被这些建筑挤成一条规整长方形的大道。它长而宽阔，笔直地擦过全城，像一条立在地面上的下水道。每个早晨和晚上都有洒水车为它清理灰尘。

探望许光明的时候，齐景长会躲在她肚子后面，透过斜上方那扇小窗观摩它。它身上的建筑或许不如政府大道那般茁壮。但它负责打通着城市的脉络，缩短人们的行程。到处都可以看到对城市交通的赞誉。扫清流动摊贩的时候，齐景长眯缝着眼睛，觉得这些建筑也会突突地拔地而起，全城再度回归一望无际的平原。这种幻象甚至让齐景长在召妓的时候都不忘观察女人的腹部。在他的偏执观念里，腹部的平坦与否是一个女人青春与否的标志。平坦的腹部能激起他强烈的欲望，虽然体液冲击体液的运动更多时候让他感到无聊，但他知道，自己需要这种无聊。

进入人生第三十七个年头，齐景长已经丧失结婚的欲望，一个还算年轻的、腹部平坦的女人，即使抖落了五官，还是能让他激越几分钟——那大概是他唯一固定过的女人。她之前在报馆工作过，后来纸媒倒闭，就去了网站。在城建新改革的活动专题中采访过齐景长，两人得以相识。不过齐景长没有和她结婚的打算，这让他们的关系越来越紧张。齐景长预感她很快会离开他。对此，他觉得无能为力。

他们最后两次做爱是在许光明的家中，没有防护措施。齐景长当时已决意卖掉过去的家，买下许光明住的这个小院，遭到她耻笑。她认为齐景长放弃了随时都会涨价的地段，却想住在这个接近郊区的位置是非常愚蠢的，要知道，这里做什么都不方便。可齐景长说郊区才是城市的未来。“那你至少可以一个人待在这里！”“她不会说话，你又何必在意她？”齐景长愠怒道。可她还是觉得这一切荒唐可笑，齐景长不得不在她的笑声中早泄。他们只好又发生了一次关系。齐景长盯着女友平坦的小腹，仿佛这能将他带入幻象中的平原。他绷直身体，而她像一根粗壮的水管。他们在进行一场短途赛跑。他抱着她，似要把她整个倾倒出来。她的指甲嵌进他的肉里，仿若碎玻璃的刺痛感。齐景长觉得自己正在一片片被剜去，身体被打薄，逐渐飞升。他不知道她是不是也和他一样，毕竟女人在床上是如此善于伪装。

他按住她的脸，右手轻微使劲，把她的表情揉出喜剧演员的效果。她很快“啊”了一声，不过她“啊”不是因为快乐。而是她看见了许光明。

许光明仍像雕塑，只是乜斜着一只眼的许光明看起来比往常生动很多。她站在他们床前，嘴巴撇着，黑皱皱的皮肤像一撮磷火在黑夜里自燃。齐景长感到浑身一凛，从女友的身体之上仰头倒下。可比他更快倒下的是许光明。她肚子鼓得大大的，像有一枚呼之欲出的黑孩子要从她的腹部钻出来。与真正的孕妇唯一的不同是，她的腹部凹凸不平，看起来就像月球表面，几束青筋裸在外面，画出她腹中物什的样貌——那是第七只饭盒的形状。它是瓷做的，此刻被打散，在她的腹中搅动，大块大块的血流出，她像躺在一条红河上，朝他摆了摆手，就垂下了手臂。

“我送你回家。”他颤抖的声音在女友的尖叫中，终于凝固成一粒顽石。

“你不叫救护车吗？”

“她已经死了。”

齐景长感觉身体的每个部件都在颠簸。他怒瞪着眼睛，僵硬的五官坠落在梦里。那是他很久之前做过的一个梦。父亲、母亲，还有一些别的什么人齐刷刷在他房门前站了很久，但当他一个猛子从床上跳起来开门的时候，面对他的客厅空荡荡、晃悠悠，仿佛巨大的胃袋。许光明那只流血的腹部，不停伸缩、胀裂，怎么都填不满、缝不上。也像蓄势待发的心脏。咚咚跳，亮堂堂，在房间里蹿了一阵，很快跳到外面，从东方升起。

他打开车门，把女友以最快的速度推出去，拐上了最新的立交桥。他并不常走这条路，但今天除了这条路他也想不出别的路可走。他一路开上去，视野升高，眼前一片开阔，仿佛大街小巷、车辆、楼宇都踩在脚下。他希望自己能一直这么升上去，远远的，高高的，这样就能欣赏这座平坦的“小腹”。他确实这么做了。立交桥一路向前，遥遥无期，他终于确信自己真的离许光明很远了。她像大卸八块的碎玻璃躺在他的面前，还有她呆滞的脸，此刻都因为刚才的表情烂进他的肚子。他感到一阵作呕，面对着方向盘狠狠吐了起来。而他的灰色轿车，终于一个趔趄，含进了城市灰色的清晨。

4

一天是从仰头的一刻开始的。

虽然在此之前，他已经在床上辗转反侧了很久。从微微明到现在一片敞亮，怎么也用了一刻钟了。闹铃在柜子角跳了十多下，昨夜谁没关紧的淋浴头滴答滴答，把他从半梦半醒中拽出来。窗帘拉开了，房门也开着，不知道是谁干的。客厅透进来的声响和外面的白光噼里啪啦一阵打。天气预报说傍晚有暴雨。他睁开眼，朝上看，跳起站在床上。

视线已放出去。从水泥地板到小腹，从下巴到太阳穴，从床榻到窗台——越过高楼、标杆，直抵天空。他望向对面，对面也望着他。拉长的晾衣绳像晒满眼睛，一来一去，磨出血。间距，刚好够他揣度，也让影子够不到。他分不清是自己所在这栋楼更高，还是对面更高。不过也没什么，这个小区全城最高才是最主要的——刚搬进来的时候，父亲就喜欢强调这一点。每一次强调的时候他喜欢努着嘴，右臂向上微微抬起，左腿则伴随这个动作抖动，他常年穿的那双漆皮鞋已散发出积压许久的汗味，但即使如此，他也没有想要换双新鞋。附近的居民对他们父子很客气，这不仅因为父亲承包了城南一代全部的民居工程，更因为母亲这个当之无愧的拖油瓶。

母亲每隔一两年都要住次院。最开始的时候，她时常头痛，不得不看精神科。再后来，她的头痛变成对父亲歇斯底里的怨诉。这导致，正在做家务的她会因为父亲所有让她不适的行为而自残。有一次，她从去顶楼的窄梯上摔下来，断了一根肋骨。还有一次，她以头撞地，把只有九岁的他吓哭在洗手间门口。这次，她甚至直接从小区的台阶上跳下去，只因为父亲执意晚上不回家睡觉。随着一阵充满刺痛感的耳鸣，血从她的双耳流出，在她语无伦次的震颤中，他只知道，她又要住院了。

母亲震怒于父亲不够高大魁梧，震怒于他婚后的懒惰、肥胖，更震怒于这样的他居然还多次出轨。每一个清晨，母亲的控诉都会率先打破小区的安静。她像一只喇叭，从小区东头一直响到西头，连卖油茶的男人和卖芝麻酱的女人都没有她起得早。然而，全小区都听到了她的声音，父亲却仿若未闻。他只是在恰当的时候堵住耳朵，去另外一间房小憩一会儿，接着，就继续回他的工地了。父亲不回家的那些日子，他多次在母亲的提醒下尾随他，并在全城许多个电话亭中汇报父亲的行程。很快，得知这一点的父亲除了无视妻子的眼光，开始无视儿子的眼光。他不得不厌恶地看着父亲走进那些女人的店铺、家中，在大街上和她们做一些亲昵的举动。他的母亲不得不对着家中的锅碗瓢盆置气，埋怨自己不该嫁给一个下海经商的男人，而该选择一个安安稳稳的公务员——或许这样，自己的丈夫便不会这么猖狂，而是至少应该顾忌周围人的眼光，对她客客气气的。母亲并不知道，在她长久的造作闹事下，以及父亲看似随意的散播中，她早已是某种不给丈夫面子、撒泼抵赖的妻子形象。人们对她的同情，也因为她一次次自残消解掉。父亲也仅在她此次住院的第一天看过她一次，就再也没有去过。第六病区的病友们都知道母亲，他们觉得她应该去看精神科，而不是在这里。

太阳升得老高。他穿上了昨天那件衣领已经泛黄的海魂衫，套上了表哥那条缩水的瘦腿墨绿格子喇叭裤（他不知道这个搭配非常难看，毕竟他当时的审美也就到这里了）。墙角的球鞋已经灰蒙蒙一片，他用粉笔把它刷了一层又一层，走起路来的时候总要抖落点薄薄的白灰。也许是粉笔太过劣质，走到医院的时候，已经又是一双脏兮兮的球鞋了。他僵硬地绷直双脚，试图让最后一层白灰别滑落。他径直走向六层最东边那间病室，它长长窄窄，摆着一排病床。靠窗的那张床上写着母亲的名字：许光明。她还在输液，脸偏向一边，不看他。他知道如果此刻来的是父亲，她保准又会清醒起来。但现在每个人都害怕她清醒。只是母亲这次没有任性太久。她睁了睁眼，朝他喊了声："彭殇。"

他不喜欢母亲这样叫他，他宁愿她喊的是齐彭殇或者小彭，像父亲那样。这别扭的两个字仿佛在给他套一身不合适的西装。而他盯着过长的裤脚，无能为力。齐彭殇"嗯"了一声，盯着床头柜上的雪梨看了很久，终于用小刀削了一层皮。

"恁爸啥时候来？"她终于还是问了出来，声音惴惴的，随时都能掉到地上。

待到一只光嫩水滑的雪梨露出圆滚滚的身子，他才说："不来了。"

她瘦长的双腿像两条僵硬的担架，在他的视线深处无限延伸——如果可以，他希望能伸向远方，到城外，最好再也别回来，可这当然不可能。

母亲似一桶正在发酵中的酒，随时都能致幻。她并拢的双腿间没有缝隙。似一柄干尸，好像很快能从床上弹起来。他惯性地捂住耳朵。接着，一阵从未有过的庞大分贝从他的身体碾过去，再盖过整间病室，并像一层黏膜，罩住了整个第六病区。她还裹着绷带的耳朵又渗出血，但她全然不在乎。她整个身体似随时都要跃跃欲试，这一幕难以让人想象她更年期之后的平静。

齐彭殇只是继续愣愣地坐着。母亲的躁郁让他得以暂时忘记暑假作业，或者教室里坐他背后的男孩，又或许物理考试给他传假答案的平头胖子。在母亲制造的这个短暂而狭窄的空间，他得以屏蔽掉这之外的一切。而这种屏蔽也有合理的解释——他是因为母亲，一切都是因为母亲，所以他一切的错误也有了理由。他托起下巴，看着母亲。他对她吵闹的样子虽然不比往常少一分厌恶，但也没有再多一分，这让他的内心膨胀起一阵可疑的欣慰。仿佛此刻对时间的浪费，对暑假的浪费是多么心安理得。反正就算在家待着，他一样是想着怎么筹更多钱去网吧打个通宵游戏。

墙上的钟表指针动了动，母亲终于被赶来的医生、护士按在了床上。跟他们一起进来的，还有两个脸像橘皮的瘦子。其中一个缩水严重，身体像层薄薄的纸片，边上一个结实一些，像肿胀的柿子，仿佛一挤就能挤出浓浆。他们立在齐彭殇两边，缩水严重的那个要查他的身份证。

“拿出来吧，检查。”

“没有身份证的不能继续探视病号。”“柿子”朝向全病室说。

“以前也没说要看什么身份证啊。”齐彭殇道。

“以前是以前，现在是现在。街都扩宽了，还有什么不可能。”“柿子”的嘴里咀嚼着没来得及咽下去的一口晚饭，鼓囊囊地对着齐彭殇。

“可我没有身份证啊。”他吼道，“我还没办过啊。

“我回家好了。”

“恁不能回。”缩水的那位拦住他。

“我还会回来的。”

“恁妈这样，恁不能回。”“柿子”说。

“恁妈这样，恁不能回。”接着，全病室的人都说。

齐彭殇感觉脊背发麻，讪讪地站着。他想给父亲打个电话，可这里没有电话亭。母亲打了针之后进入短暂安静，医生们窃窃私语着什么，齐彭殇听不见。只有父亲的名字依稀扒出声浪跳到他耳边，他想接着这个名字说句话，可嘴像被缝住似的。语言锁在心里，挣脱不出。这种感觉持续了好大一会儿，直到陪母亲来到新的病房，并一起等待父亲的时候，他意识到，他不是说不出口，是不想说。他享受着无能为力的时刻，哪怕在这里和母亲待着也好，至少还有半开的窗户与外面的绿树，他不用再去想升学的事，想一到早上就会看见内裤上让他心烦意乱的斑驳流状物，想为什么看着父亲和母亲在一起的时候他会像看到父亲和他的情人在一起时一样厌恶。

新一轮身份证检查声从隔壁响起。他想到他们从包里、钱夹内、口袋处、衣服夹层，掏出身份证的样子。还有手掌摩挲衣料的嚓嚓声。他的听觉突然机敏起来，甚至能判断出他们穿的是尼龙布还是涤纶布，又或者是桑蚕丝？在大家都忙碌的这一刻他无所事事，这让他非常激动。连刚平静下来的母亲，此刻也比他更激动了。她注视着天花板，几乎要把那块惨白惨白的颜色调得浓墨重彩。一只手抓着床单，一条腿伸直，又有一股怒火在她体内蓄势待发，齐彭殇只有再次捂住耳朵。

父亲还没有来。

病室随着母亲的号叫再次陷入混乱。先是门，再是天花板，只有窗户外面的树和车辆声提醒他这间房是静止的，而不是随着母亲摇摆。这让他专心注视起窗户。先是一排奔跑的少年被窗户框住，再是一排桑塔纳轿车耀武扬威地驶进来，然后是几个粉红色护工服装的人。他在等待父亲，只是父亲应该不会来了。他埋着头，一动不动，即便是身体发酸也不想抬起来。右手边有张新的床，看起来，如果父亲不来，最近一直住在这里的就是他了。从早上到黄昏，再到夜晚。只要母亲不出事，不会有人理他。他随着大部队去医院食堂打饭，大家也不问他叫什么名字了，毕竟没有身份证，说什么都像假的。

齐彭殇直到中午才走出病室。半截墨绿色的墙壁在来来去去的医务人员身体间闪闪烁烁，像要把他穿着墨绿色喇叭裤的双腿也吞进去。走廊尽头，修缮楼顶平台的师傅休息去了，留下一架梯子。阳光从顶楼出口照下来，他眯着眼看上去，视线一路放远，阳光从一片五颜六色再到一片炽白。几只乌鸦从太平间的方向升起，混迹在一群白鸽中。世界从梯子处一片敞亮，这让他燃起走上去的冲动。只不过他刚这么想，就意识到自己已经走了上去。

先是一边刚摆好的红砖，再是半截刚砌好的水泥露台，其中一头通向一座铁桥——暗灰色的栏杆把它扶正，连着另一栋楼。最近的几栋楼挨得还算远。他数了数，从第九栋开始，楼就密密麻麻起来，或许是近大远小的缘故。日头紧，阳光汹涌，他用一只手遮挡，也依然睁不开眼睛。远处的楼在他的视线中挤对成一条线，像公交车上摇摇晃晃的胖影子，脂肪挨着脂肪，油腻腻地在他的视线里搅拌。对面的顶楼都住满人，他们很安静，几大张床心安理得地对着太阳，凉席上穿着病号服的人也像休养生息，有几位还撩起肚皮，似乎在接受日光浴。齐彭殇感到一阵恍惚。很快，从他上楼的梯子上又来了几个人，几张行军床很快被摆在砌好的水泥地面上。墨绿色的床垫换成了白色，甚至还有人给齐彭殇拿来了蓝白条病号服。

“我不需要啊。”他急道。

“你有身份证吗？”对方拧着眉说道。

“我才十一岁！”他悲怆道。

接着，整个顶楼都被病号填满。做工的师傅则继续砌剩下的三分之一楼顶，并时不时和对面楼的病号们打打招呼。

“你有身份证吗？”师傅问。

“没有。”对面楼的病号们窃笑道。

齐彭殇打算下楼，却发现梯子不见了。周围都是晒太阳的人，没有人理他。他继续埋着头，很快意识到顶楼不比下面，他不能低着头做任何事，不然就会有人开导他。

“没身份证就没身份证啊，我们也没得。”一个大妈剔着牙，厚嘴唇中吐出两粒肉屑，“děi”这个音节被她拖得很长。

“你叫什么啊？”另一个中年男人问道。

“齐彭殇。齐宣王的齐，彭祖的彭，殇……”他在脑中仔细搜刮着这个字如何形容更好。

“算了算了。”中年男人摆摆手，“听不懂听不懂，这名字太复杂了，恁爹妈真会起啊。”

“这边名字都是随便编的，好记就中啊。”唯一留着黑胡子的一个年轻人说，“恁可以喊俺老二。”他的口音让齐彭殇都有些不适。记忆中只有新移民还延续着这种口音，老居民除了“恁（nèn）”这个发音，已经全盘变成普通话了。甚至在齐彭殇的学校，有些老师因为沿用方言授课，被勒令停课整顿，直到能说出一口流利普通话，才准许上岗。他四下望望，顶层新移民居多，很多人还沿用郊县的口音。齐彭殇问能不能走去别的顶楼看看。

“这有什么不能啊。反正那边和这边也一样啊。”

这位护工说得没有错，走过去的时候齐彭殇才发现这一点。连接起来的各个楼顶都住满没有身份的病号，有的还没来得及办身份证，有的是办了，却因为种种原因没来得及更换。也因没有身份证，统计这些人变得尤其复杂。医院只得编写很多代码给他们。也有的人，用动物的名称指代彼此。最常见的指代是报数。比如“1，2，3，4……”，就是体育课上老师教的报数，边报边把脸扭过去。比如，刚才黑胡子年轻人是“2”，龅牙大妈是“9”，中年男人是“0”。如果齐彭殇赶上新一波数据统计，他应该被归为“37”，因为先前的“37”刚办了新身份证，已经离开顶楼了。

想到自己还有好久才能办身份证，他闷闷地走到别的顶楼，把相互连接的楼顶都逛了遍，才终于发现，找不到那家医院的楼顶了。这也不怪他，视野打开之后，回去就很难了。齐彭殇一路往前，一直走出了整个小区。几座标志性楼房甚至让他意识到自己已经快走到城市边缘。仿佛再一转眼，人工水库的哗哗声都能涌入他的耳畔。

太阳照着他，裸露的半截臂膀已经晒黑了。如果再这么晒着，似乎还会褪层皮。微微的刺痛感让他想起上学期体罚的时候，他就是这样在阳光照射下绕着操场跑了十多圈。这么想着，齐彭殇被刺激得再度想要跑起来。他要找到一个可以遮阳的顶层，或者可以下楼的顶层。不过他失败了。所有的入口和出口都堵得死死的，所有的帐篷和伞下也都站满人，根本没有他的空间。

一路狂奔下，楼宇挨得越来越紧，铁桥却越来越短。他轻易地跨过三个小区，甚至路过了几个新楼盘。他踩着一根根钢筋跨过它们，左右颠簸，一路弹跳。不知走了多久，日头稍微下去一点的时候，齐彭殇看见了堤坝。

紧挨护城河与水库的这座堤坝刚修好的时候父母还很和谐，齐彭殇时常被他们带着在上面走一圈。那时候他比现在小，虽然现在也很小。他脑子里想着前些日子后排男生写给自己的信——生活像个浪头又把他覆没。

他抬起头，直视它，试图剔除刚才涌动的记忆。反正没有身份，他也可以不必回去，就像整个楼下也封锁了他的通路，他将在城市之上一直徜徉下去。这让他激情万丈。

他小心翼翼地越过新的一栋楼，跳到一个稍微低矮的平台，又一直跳到堤坝上。白球鞋已变成黑球鞋，他也从白皮肤晒成了黑皮肤，只有汗水流过的地方是泛白的。他索性脱掉海魂衫，又用衣服擦了一把汗，终于把这些肤色的不均匀抹平了。在阳光下，他捏着衣服，像一个从战场回来的士兵。身子黑黢黢，像雕塑，从永恒的时代奔来。

堤坝很长，以前走的时候他没有意识到这一点。顺着它一直往前，他还能看见一座铁桥。他不知道沿着那座桥往前能一直走到城楼，他只知道眼前还有路，而他很想一直跑下去。他确实也这么做了。身体冲破整座城的空气、阳光，还有杨絮。踏过无数桩楼顶。在城市之上，一个少年大跨步向前。在他脚下，是逐渐拓宽的街道、红绿灯、拆掉的低矮房屋。他看见自己的影子连接了城市的两边，就像一座新的铁桥。他跑到了城楼，又从城楼跑了回来。他在绕一个圆，看起来铺平在大地之上的楼宇最终只囿于它自己熟悉的地方。这让他感到悲哀。

但这也不重要了。当他又站回堤坝，路两边都是他洒下的汗水。它们随尘埃跳跃，很快就裹成一条条泥鳅，在路上钻来钻去。这让他觉得另一个自己在破碎。或许也不能说破碎，是分离。一块块划开，逐次从大坝上跳下去。河水浑浊，它们也不在意，只要跳下去的时候清清亮亮就好。雨还没有来。在他因为奔跑而疲惫的视线中，城市正以180度折过去。他走的铁桥折叠后成为新的城市铁路，他跨过的楼顶成为新的柏油马路。桑塔纳轿车折过去之后成为旧时代模型，进驻若干年后开建的柏油博物馆。便是母亲歇斯底里的吼声，也成为一声酣眠。很多年后的人们都会听到这个声音，它从地下渗出，流淌着新世纪曙光与科技文明，清澈、透明。

黄昏已经过去，夜幕渐渐拉下来。齐彭殇想丢一些东西下去，却发现身上什么也没有，除了这件满是汗水的海魂衫和瘦腿喇叭裤。一声闷雷在天际打响，他仍站着，思虑自己应不应该把自己认为最重要的那个“东西”丢下去——那个他用来思考、行动的躯体。他想着，而暴雨从天而降。

>>> *Part Eight*

而她自己则走在展春园路上，就像一个人一样走在这条路上，就像一个人的队伍一样走在这条路上。她知道赵自鸣和何无也是一样。他们像一条队伍一样走在这条路上。

荒 地

从展春园往西，能看到一片广阔的停车场。

白天的时候，它是一整块空地，那时候在停车场走上一圈，总能看到许多迷茫的人。而到了晚上，车辆就都来了。停车场拔地而起，成为巨大的立体车库，外表像一盏筒形陀螺——形态拘谨，边缘自由。总有人在这里等着停车，也有人从远处慢慢把车开过来——不仅仅是因为这里停车不收费。

筒形陀螺通常会在车辆拥挤的时候张开弯曲的“双臂”，它们撑在地面上，是坚固的传送梯——顺着它往上开，能一直到全城最高处。

一般情况下，停车场只启用到第三层，旺季的时候也会启用到地上五层，也有的时候，还会动用第十层——有一次私家车集体坍塌事件就发生在这当口。一时间太多车主顺着螺旋状的传送梯把车开到第十层，结果造成十层负荷太重，传送梯中途断裂，有的车直接陷入断裂带中，形状非常恐怖。

而停车场背后，位于“暂安处3区”地下的，是一个散落的俱乐部。李挪曾经问赵自鸣，这里为什么叫暂安处。赵自鸣说，这里地图上找不到，但又确实存在，思来想去也只能叫这个了。

说起来，有些地图上也不是没有暂安处这个地标，但不包含3区，感觉连暂安处这个集体也遗弃了整片3区。地图软件的更新总是跟不上城市改建的节奏。3区未被地图App收容，外地人多半找不到这儿。如今在这里开店的人，不是无意间撞见3区，就是原本要去别处，却误入这里。所幸这片地下俱乐部房价并不算高，也就将就下来。

暂安处小区都是大房间，第一次居住还要登记姓氏。姓王的在一处，姓李的又在一处，仿佛是城市之上的乡村。但地下俱乐部不会这样，所以李挪才能和赵自鸣住对门。

在这里，几个邻居打开门，时常能感觉到彼此房间的风围成圆圈，然后冲向圆心。这让3区地上的住户感觉脚下轻飘飘，严重的时候，整栋3区居民都觉得自己在向上飞，身体处在一片云之上，能随时扶摇直上，却始终未能成行。

李挪刚开始找不到工作时，在3区门口靠指路赚了不少饭票。后来不少人入驻新城，指路行当渐渐饱和，她又开辟了临时洗手间路线。其实也就是把暂安处小区附近的餐馆、酒店都摸了透，鉴于厕所稀疏，安排出一条“借厕”路线。

哪家老板好说话，哪家住户不厌恶外人借厕所，都被李挪算得清清楚楚。她借此把整片小区的人都背在头脑里的通讯录。李挪觉得，如果她再找不到工作，只能靠指路借厕活着了，或者还可以与朋友开发一个App，让整座新城因为厕所连在一起，制造出烟火气。

她最终没有这样做。

她在城市最东边找到了一份搜集资料的工作，工资不高，但够开销。不久，她便被赵自鸣拉进了俱乐部。

所谓俱乐部，主要是这群地下居民的自称。

这些人呈群居状态，住在一个大通间里。虽然有不同的隔断，多数时候还是会一起活动。对于普通3区居民，他们是一群透明人。他们像是生活在两个平行空间，不会轻易追求交集，于是也便没有交集。

时间久了，几个元老级俱乐部成员逐渐感觉不到其他居民的存在，仿佛自己才是暂安处唯一的主宰。这让暂安处在他们的感觉下时常变得很安静，仿佛是大家的私人会所。

尤其是白天。赵自鸣不上班的日子里，时常在暂安处各小区执着地画地图。他的地图从东头一直绵延到西头，第二天早上总会被不知名的人擦除。

赵自鸣对此从来是无视。仿佛只是下了一场雨，翌日，他依然会照着心里的痕迹在同样的空地画上同样的地图，只是用了不一样的丙烯颜料。这费了很多钱，但他乐此不疲。后来，李挪也时常加入这项工作，她会把赵自鸣画的地图印刷成小册子，站在暂安处门口售卖。久而久之，这成为她的副业，也助长了赵自鸣坚持不去找工作的气焰。

说起来，俱乐部最初的功能也不过是找人拼房租、凑团购，或者是夜深人静之时，一起去组团上厕所——最后一个听起来很荒谬，但半夜的3区地下，除了阴冷还有些森然。何况，所有的房间本就是打通的，所谓的邻居，彼此都只隔着一扇扇小小隔断。每个隔断间，开辟出一条小路。一端通向厕所，另一端，则通向3区出口。在这样的构造下，大家都算住在同一个屋檐下，没有理由不互帮互助。

整条路全程要走十分钟，晚上还没有灯，只能靠手机的微光。最开始是疏朗的三两人结伴上厕所，到最后，人们都似约好了一样，在午夜集体奔赴厕所。女生们还会在冬天带着暖手宝，穿上厚羽绒家居服，甚至戴上口罩和耳暖，以方便在厕所外排队。他们队伍整齐，在整片地下一层发出齐刷刷的脚步声，就像暂安处小区每个白天装修工人们发出的刷漆声。这两束声音交相辉映，仿佛是白天与黑夜的交替，步履不停，永不止息。

据说，地下俱乐部就是这样成立的——当大家不约而同一起奔向厕所，他们就成了表情肃穆的盟军。久而久之，大家做什么都会一起，俱乐部也成了约定俗成的组织。虽然队长每隔一段时间会出现一个，像是A、B、C字母顺序一样，倒下一个，会立起来一个，前面倒下的那个也会服从新任队长。可以说，这么和谐的组织，多年不遇。最开始的时候，还会不时有新人加入地下租客房，后来，房源饱和，人也固定下来。

每次集体入厕前，现任队长都会清点人数，入厕之后又会清点一遍。他们清点人数时粗重的呼吸声甚至让李挪觉得周围的气温有所升高，他们的声音就在气温之下被压成了薄片。

除非刻意扰民，这里的一切热闹都不会被上面的人察觉。乃至他们在俱乐部重温八十年代的迪斯科，也最多被附会成暂安处的道具——这里地基不稳，夜里会有轻微晃动，所以房租便宜。

这里也确实住满了便宜的人群。

李挪每天走出小区去上班时，都会看到便宜人群单薄的背影。他们层层叠叠地往前急速迈着步子，总像是转瞬即逝的风景，仿佛时间再快一点，他们就了无痕迹，就像高铁窗外掠过的一片绿色田野。李挪觉得自己在别人眼里也一定是这样的。走在大路上，暂安处的人和别处的人不同，他们总是成群结队，身板有的特别薄，有的一般薄。走过便利店门口时，就像是一列拉长的安全套。而最薄的那一队人马自然来自地下俱乐部，因为他们房租最便宜，是最便宜的人群。这些人过马路时，总被迎面走来的人误会成一阵风，只觉得耳根处凉凉的，视线里是没有这样一队人走过的。这些薄得像纸片一样的人回到工作地点，又会是正常的厚度——整个世界再次秩序井然。

赵自鸣曾试图把这些场面拍下来，但每当匆忙走在路上时，他总是打不开自己的相机。相机仿佛也被压缩进一条狭窄的缝隙——它只够赵自鸣的身体钻进钻出，却容不下一只单反。这让赵自鸣很郁闷，但他只能接受。

不过，变薄也是有好处的。

比如一旦城市起风，他能短暂飘到上空，运气好的话，还能恰好落在工作地点。毕竟手机导航功能强大，循着信号，最差也能落在公司写字楼楼顶。

李挪曾降落在办公室外面的阳台上。当同事们愕然地看着她从阳台走进来，都觉得非常震撼。李挪人生中最强劲的存在感，就是从这里逐渐积累的。

无奈，专注个人生活的日子很短暂，住进暂安处3区没太久，她就在一次集体入厕的队伍里，突然就走到了最前面。因而，被俱乐部成员推举为队长，就像前任队长和前前任队长那样。

当队长的日子不好过，首先要应付的，是房东的检查。

根据新出台的城市管理条例，所有隔断必须拆除，多余的租客要遣散到别处。

队长的首要职责就是如何躲避这场大检查——在房东到来之前，拆掉这些隔断，再在他走后，让一切恢复原样。这场“指挥工程”，虽然比大阅兵轻松，但对于李挪这样一个自己房间都整理不好的人，真的很伤脑筋。

鉴于“指挥”对李挪而言也很难，她只能选择自己动手。她唯一的队友，就是赵自鸣。

赵自鸣先把隔断板以最快的速度拆除，在仓库搭建了一个立体车库。

仓库是俱乐部的集体活动中心，很小，外面看起来只有20平方米不到，进去之后却能容纳至少一百个人。

活动中心每周六会放电影，平时没有人进出。很少会有外人来，基本是自娱自乐。有时候会有外卖小妹端来咖啡或啤酒，大家就整夜看电影，直到放映机发烫才收手。

赵自鸣把隔断板全都放在仓库里，并用胶带把门封得死死的，看起来仓库似乎已废弃很久。

只是，他搭建的这个立体车库里没有车，只有一个个包袱，像新鲜待售的肉，整齐地摆在货架上。

其中有一个包袱是赵自鸣从来没打开过的，它落满了灰尘，看起来将永远脏兮兮的。俱乐部别的成员也都有这样一个包袱。有的人对包袱比较好，会随时清洗，比如李娜。但李娜清洗包袱的过程非常简单粗暴。

她通常只会打开厕所旁边的公用洗衣机，把整个包袱塞进去胡乱搅一通，也不管里面的东西会不会洗坏。然后不以为然地展示她的包袱——那里面放着239张城市地图，在洗衣机里已经搅成了纸屑。一掏出来，就纷纷扬扬像头皮屑一样撒满了地面。

它们先是不规则地铺在地面上，没太久，就渐渐自行组合。等赵自鸣再回过神的时候，地板上已经印满地图，印满239张地图。

地图层层叠叠，摞起来的城市地标看起来逐渐立体。赵自鸣眼前呈现出一片三维景象，他在上面轻轻走了几步，觉得步履维艰。

这些地图和赵自鸣的地图画很不同。

它们主要展示了暂安处在不同时代里的标志性建筑——虽然这

些建筑现在已经铲除。

赵自鸣在某张地图上甚至还找到了3区。那时候它还不叫3区，叫小南街。

图下还有注解——说它“非常狭窄，到处是地摊夜市。住满了外来务工人员。后来，小南街拆除，成为一片炼化厂。再后来又荒芜了一阵，最终成为现在的暂安处”。

“这些地图从哪里来的？”赵自鸣问。

“刚来的时候问路，不买地图不告诉怎么走。”李挪无奈地说。

“该有多路痴才能问这么多次？”

“是啊，结果问了这么多次，还是走错了，然后就到这里来了。”李挪说，“反正再往前走都是郊区了，这里不近不远还好进出些。”

赵自鸣没有再说话。直到身后有声音响起。

这声音听起来有些远，好像是来自远处在修的地铁施工工地上。但李挪说这声音来自房东。

赵自鸣差不多半年没走出暂安处了，他不仅看不见人，连房东的声音都听不清楚了。李挪每天要外出上班，还能保持和世界的联系，和房东交涉的工作就交给她了。

“房租要涨五百。”老年绅士派头的房东拖着他的南方口音道，“你看你们先能交多少？”

“一个月。”李挪咬着嘴唇说道。

随着一阵走过的风，房东的身影已经拐到出口：“下个月一号交下半年全款，不然就搬走，你们的隔断拆得也太粗糙了。”

“看来拖不掉了。”李挪对赵自鸣说，“你必须得去找工作了。”

“我这份需要交多少？”赵自鸣病恹恹地问。

“四千五。”李挪说。

这点钱其实不算多，但赵自鸣仍然交不起，这让他非常郁闷。但最郁闷的还是李挪。为了凑齐房租，她必须把每周聚会用的仓库另外租出去。

那里放着她刚来城市时准备的电影放映设备，现在只能卖掉，或者转租。当然还有一条——就地生一条崭新的发财门路。

——当新的午夜来临，李挪在厕所大军前排，宣布了这件事。没有人提出异议，大家从工资里抽出一部分作为租赁宣传费用。他们的广告不仅贴满了暂安处，也贴满了朝阳区。当新的早晨降临，这些便宜的人群以风速在各个地铁口张贴了俱乐部放映室的转租启事。大概过了七天，真的有人找上了门。他就是何无。

何无之所以叫何无，和他没有头发有关系。他出生的时候就没有头发，现在也没有。为此，他全年都戴着帽子。帽子的式样非常单一，在周围人的记忆里，何无总是戴着同一顶帽子。

——在地铁15号线外看到招租启事时，何无正拖着黑色行李箱在城市里漫无目的地走着。用他的话说，他也不知道去哪儿。不过这张招租启事让他意识到最首要的一件事是找房。

所谓择日不如撞日，在看到的那一刻，他就决定租这家了。

他并不知道这个价格算不算贵，但他觉得还在经济能力之内，这就可以了。

去了之后，何无才发现，暂安处3区比他想象中还要隐蔽一些。所幸尽管在地下，也不算非常潮湿。李挪也与何无聊了几句，才意识到他根本不是租来做生意的，而是自住。

这让李挪在内的俱乐部成员非常不满。这意味着每周一次的娱乐性聚会可能无法成功开展了，除非何无也加入俱乐部——但这个木讷的光头出现在众人视线中的那一刻，所有人都觉得这很难。

“我们只同意做商业用途，而且必须接受我们每周一次的聚会。”李挪淡淡地说。

“没问题啊。”何无仿佛只听到了后半句。

“水电费是自理的，冬天没有暖气，也可以接受吗？”

“可以。”

签合同的过程顺利得超乎李挪想象。毕竟暂安处小区地上的房子也不过比这里贵了三分之一，倘若何无有点耐心，说不定还能找到合租的室友，省下不少钱。可他居然草率地接受了这个房子。而且在谈好租赁条件的此刻，他就把行李丢了进来。

他的行李很少，这让他庞大的身躯显得很局促。毕竟，这样高大的一个人，冬天要穿的衣服，都在这一个小包里了，让李挪觉得很怪异。何无并没注意到她的目光，只是继续呆呆地蹲下去掏衣服。

包虽小，承载的分量倒是不轻的。何无掏了很久都没掏完，仿佛行李箱是一个巨大的柜子，比他的后背还要宽广。

“你们有没有柜子？”他喘着粗气问道。

李挪皱了皱眉，随着她手势挥过去，何无看到了那个巨大的立体车库。它由多个隔断板组成，每一层都摆着一件件行李，但每个包袱之间都有些细微的空隙。

何无眼前一亮，说：“够了，够了。”

他把每个包袱靠得紧密了一些，终于腾出了行李箱的位置。然而，待何无的行李箱摆上去，整座立体车库就倒掉了。

由于在地下，虽然倒掉的声音很响亮，但地上的人们听起来还是觉得闷闷的。李挪只觉得扬起了一阵白色的粉尘，回过神的时候，立体车库已经重新变回一堆凌乱的隔断板。他们这些人的行李都被盖在隔断板下面。何无的行李箱已经摔不见了，只留下一堆堆洗漱用品和衣服不规则地摆在乱物中间。

“可能是因为太沉了。”何无尴尬地说。

他尴尬起来的时候，整个人显得更局促了，像是一台老式电器。

李挪看看表：“一个小时，赶快整理好。”

她说完，就拨了赵自鸣的手机号，想告诉他房子租了出去。但她始终打不通，她不知道是不是刚才的事故让地下室的信号再次不好起来。

而当时当刻，赵自鸣正在地上继续创作他的地图画。他已经打算走出暂安处，一直画遍全城。他这样想已经很久了，只是这天，他决定尝试一下。

他先把地图画留下一个出口，而这个出口正对着的，也是暂安处的出口。他笔下的丙烯颜料从那里一路延伸，一直到了马路上，他准备顺着城市的脉络一路往南画。但是一辆卡车开过来，他失败了。

确切说，这是一辆洒水车。

赵自鸣的丙烯颜料还没干，就化成了颜料水。这让他很窝火，更窝火的是，卡车若无其事地绕过他，向前开走了。

赵自鸣在后面喊着，没有人回头。他突然想起来，未遵守交通法规的是他，但他还是感到失落。

他失去了继续画的兴趣，表情严肃地往回走。他走过暂安处1区和2区，还碰见了几个来办事的熟人。他微笑着去打招呼，没有人理睬他。他们目不斜视，看起来神采奕奕，任凭他消失在他们的视线里。赵自鸣觉得他们的视线里有落日，而他自己就行走在落日到来的地平线上。

不知道走了多久，大概是平时时间的三倍，甚至更多——当赵自鸣走到3区地下室入口时，他听到了一阵闷沉沉的响动。像是家具在迁徙，又像是某种地下动物的迁徙，他想到老鼠，不禁毛骨悚然。但随着他走进地下室的步子加快，他感觉到那是一个人。一个身形庞大，能把许多人挡住的人——步伐沉重，挪动一步就像是挪动一件家具。

在赵自鸣走到家门口时，何无刚刚把所有的隔断板搭成了新的多层衣柜。他的行李箱还在衣柜里，这次没有出现状况。而别人的包袱，也被他放在了衣柜下方的抽屉里。

最先睡下的几个人因为何无制造的响动始终睡不着，最终只能抛弃睡眠，索性坐起来打游戏。也有的人在屋子里玩起了跳绳和呼啦圈。他们热情洋溢地燃烧自己，调动了所有活络的神经。但这些声音，在赵自鸣的耳朵里归于寂静——他只听到何无的脚步。当然，李挪也是。

这个瞬间，他们三个只能感觉到彼此，其他人却都如同符号——炸裂在这片地下，只有他们三个是落在实处的。

赵自鸣感觉到一场坠落，但他未能神游太久，就再次接到了李挪的电话。

“房子租出去了。”李挪说。

她的声音像是铜镜，赵自鸣清楚她说的是什么，但总有一丝隔阂。就好像等公交的时候，明明看到前面那辆车就是要乘坐的那辆，却总要仔细眯着眼睛再看看车顶上的那个数字，才敢欢欣地跑过去。

每当走在这条通往3区地下的长梯时，他就这么觉得。

最近，因为走廊里有人办了3D展览，甚至还铺上了红毯，走在上面的时候，他更感觉自己和整片地下隔着一层音量。就这样层层上升，他不知道地上的人们是怎样“听”俱乐部的，或者整个城市的人是怎么“听”暂安处的。在看不见彼此的时候，“听”成为唯一的交流媒介。

赵自鸣想起，就在不久前，因为城市雾霾严重，甚至部分片区的雾霾挺进住户家里，不少人表示在家看电视都看不清屏幕了。更不用说有些院校里，因为学生看不清幻灯片，许多教授表示无法授课，纷纷改成远程教育。市中心前的大屏幕本来定期要放新闻联播，因为雾霾，不得不停放。头头儿们思虑再三，终于找到了一条捷径——启用展春园西路上那个多年没用过的高音喇叭。一时间，全城都响起新闻联播动听的声音。

可能因为声效太好，许多单位和部门也学会了播报会议记录和员工周报，老师们也逐渐用听力考试代替笔试。久而久之，市民们听力越来越好，不少人耳朵变得肥大——还包括很多美女明星。很快，新的审美观统领全城，嫁给盲人的健全人也不再被家庭所阻挠，也算一道奇观。

但在暂安处，仍有人定期收水费、电费。只是对于外界，暂安处仍在被遗忘。地下的居民被地上遗忘，地上的居民又被小区以外的人遗忘。仿佛一瞬间，所有关于暂安处的住房广告都散落在城市每个角落，却又很快被每个接到传单的人踩在脚下。

那些广告上都写着“高端住宅，城市新区，低房价，高享受”，配合美貌的小区图片，看起来诱人无比，怎么都不像无人问津的样子。可就是无人问津。

所以，赵自鸣对如今的暂安处小区还能成功租出一间房困惑不已。尽管何无到来的这个白天，因为前夜的风，雾霾都刮到了隔壁省，太阳也冒了头，天空仍是灰色的。暂安处也已经被网上传成了一片海市蜃楼。更有人说，这里根本就是片荒地，随时等着开发商建造大型汽车电影院。有侥幸寻觅到暂安处地址的，也表示根本没有地下俱乐部这个东西的存在。因此，他们的租赁广告百分之八十应该被无视。不过，在见到何无的那一刻，赵自鸣的疑惑就解除了。

因为他是一个光头。从后背看过去，还是一个壮实如大型空调的光头。

在这个人人自危的时代，一个如此形貌的陌生人很难不被怀疑。租房这种事本身就会遇到各种无良中介，但如果不相信中介，也可能遇到不相信自己的房东。赵自鸣自负地认为，像何无这样一个光头，一定是因为没有房东愿意收留他，他才找到了暂安处，来到了他们的俱乐部。但是几十分钟之后，赵自鸣和李挪都不再关心这件事，因为何无睡到了柜子里。

确切说，他修好了自己的行李箱，然后成功睡了进去。

用何无自己的话说，睡进行李箱是为了检测甲醛是不是超标。李挪突然明白，怪不得他不在意房间大小，甚至也不在意他们的聚会，因为他随时可以睡着，而且只需要一只行李箱。

“这不是普通的行李箱。”何无说，“不只是我，任何人都可以睡进去。”

何无用最大力气扯开了箱子拉链，李挪看到里面空空荡荡，一片漆黑。

“既然这样，你又何必租房子？”李挪说完就后悔了，万一何无突然一拍脑门儿说“我不租了”，那岂不是很郁闷。所幸何无没有这样做。

“舒展，是舒展。”何无有些局促，“总不可能一直在行李箱里。”

随后，他又补了一句：“我不会拖房租，也不会临时逃跑。”

不管真假，这句话让李挪安心很多。何无的出现，算是解决了自己的燃眉之急，她心存感激，随即说道：“周六也加入我们吧。”

“什么？”

“每周六我们会集体看个电影，现在电影院里都是雾霾，只能自己弄个小剧场了。你想看可以和我们一起，看完大家一起吃火锅。”

吃火锅确实是住在这里唯一让人感觉兴奋的一件事。

对于何无来说，最大的兴奋点是他觉得凭空多出很多租客。

毕竟大家能聚在一起并不容易。何况同租的室友们都忙于工作，李挪也越来越忙，何无和赵自鸣只能霸占3区地下和地上的空间互相聊以慰藉。何无会在房间里不停地掏行李，直到衣服塞满整个房间，他的双手还在继续。赵自鸣则开始画3D版的地图画，远远看过去，仿佛他画下的建筑真的高耸入云、拔地而起。他们消磨掉的这些白天，就仿佛是多余的一块岁月一样，被他们随意摆放在四面八方。

几个月来，日子毫无变化，仿佛过的还是同一天，仿佛流逝的时间都还在。

很多人一下班就躲进房间里了，没有事情一般从不出现。更何况，何无没有起夜的习惯，从来不会跟随大部队去上厕所。少数几位租客只有对何无搬行李的声音产生不满时才会吼几声。到了双休日，每个人都很整齐，何无觉得他们像凭空多出来的符号，被摆放在这个时间的暂安处。

他这样想并非毫无根据。

点名工作一直进行，久而久之，大家习惯于叫号码，而不是叫名字。这也是为了最初方便大家尽快记住彼此。比如李挪自己是1号，赵自鸣是9号。没有何无的号，因为他不参与集体入厕行动。

许多个夜里，何无在他的行李箱或者房间里的沙发床上做梦的时候，这些符号都会从深处响起。它们让他不自觉地想要靠近，只是每当他这样想，梦就醒了，醒来之后他才又意识到刚才是梦。在这一进一出之中，点名往往也就结束了。

只是，虽然点名规则一直进行着，李挪还是能感觉到人在逐渐减少。涨了工资的人、升了职的人、重新返校读硕士读博士的人，逐渐离开这里，奔向一个更加光明的前途。当新的点名时刻来临，总会有尚留下的人帮助别人喊号，仿佛是课堂上在答到。李挪每次都感到无奈，但也不拆穿，只会在点名册上，那些走了的人名后面打一个记号。

人员在流失，每天都有旧隔断要拆掉，新的租客又没有来，留下的人们总能感觉到自己房间的面积在扩大。甚至有人夜里自言自语时，都能听到自己的回音。

李挪觉得自己那间隔断的面积也在不断扩大，甚至随时会挤掉旁边的隔断。李挪第一次这样想的时候是在梦里，她梦见隔断之间的缝隙越来越小，每间隔断都像是有弹性的罐头盒一样，碾轧来，碾轧去，滚过来，滚过去。她第五十次做这个梦的时候，发现留下的租客除了何无和赵自鸣，只剩下4号、6号和12号了。她分别叫他们4、6、12。

和她一样，4也是被赵自鸣拉进来的，曾经也当过一阵子队长。他在一家照明器材公司上班，因为没涨工资也没升职，一直住在这里，未来也很难租得起地上的房子。他个头比较矮，曾经帮过三个人答到，直到再也瞒不住。

6是一个没有署名权的编剧，有时候钱多有时候钱少。没有活儿的时候，他就在小区里看赵自鸣画画，或者走到马路对面和几个老人打老年牌。运气好的时候，他一个月能赢四百元，勉强解决伙食费的问题。他倒是没帮任何人答到，因为他答一次到收五块钱。时间久了，也便没有人再愿意为告别买单。

12一直在一家餐厅做服务生，早出晚归。她明明可以和同事们住集体宿舍，却因为有狐臭被大家嫌弃，继而来了这里。她和李挪一前一后来，两个人的隔断还挨着。每当李挪做那个奇怪的梦时，总觉得自己的隔断最先碾轧的就是12那间隔断。

4、6、12和那些走掉的租客一样，都有三个字或者两个字的名字，其中有个人的名字还有五个字。签租房合同的时候，李挪看到过他们的名字，但这些名字就像水彩一样，很快就被新的记忆抹掉了，以至于李挪一直还是叫他们的代号。

偶尔空闲时，4、6和12会跑到地铁附近贴招租广告，但从没有新的租客来。李挪觉得，照这样下去，他们的房租很快就没有着落了。与其这样，不如搬到地上去。但这个想法遭到了赵自鸣的反对，很快也遭到了何无的反对。何无反对的原因是雾霾，地下虽然潮湿阴冷没暖气，但很好地隔绝了雾霾。赵自鸣反对的原因是搬到地上之后他就不能再画地图画了，毕竟看着他的人那么多，他还怎么画。

李挪不知道如何解释这个情况，她不知道如何叫醒一个专注小圈子、屏蔽了外人的人，这毕竟不是他愿意屏蔽的，但他就是屏蔽了，他被迫接受了这件事实，自己都不甚了然。

赵自鸣或许无法知道，每天都有很多人站在暂安处门口看着他画画，还会带着各种各样的宠物——他通通看不见。而即使观赏队伍发出声音，赵自鸣也听不见了。毕竟当所有的声音嘈杂着混合在一起，就形成了另一种“无声”。能够影响到别人的声音永远只有两三束，以及一束。

久而久之，当赵自鸣不再被干扰，他也以为真的不再有外人出现了。

他走在大街上，不需要和熟人打招呼。那些人仿佛空气一样从他眼前一晃而过，也是一样的目光坚定，望向前方，旁若无人。李挪记得，只有遇到有风的夜晚，头发被掀下来遮住脸，长发人的脸模糊成一片灰色，赵自鸣和那些被他忘掉的熟人才会在夜晚做同一个动作——望天。

雾霾已散，天朗气清。即使是夜晚，星星们也会衬托出无限光芒。没有路灯的小区里，赵自鸣还是能昂首挺胸走回去。他的手上照例沾满丙烯颜料，他的裤腿照例充满铅笔灰和定画液的味道，他却能比另外的日子坚定。他大踏步走着，自成一支军队。浩浩荡荡从暂安处的东头一直走到西头，然后折回D入口，走进他的地下天堂。

如果运气好，他会碰见何无在做饭，何无做的饭永远会多，他可以坐下来吃个饱。当他们吃完的时候，他们的朋友李挪会从远方风尘仆仆赶来。她的身上将带着城市这一天里最后一层雾霾。她将摘下口罩，脱掉外套，抖抖身上的尘土，然后露出崭新的一张脸。

她回来后，4、6、12也会回来。他们三个人——李挪、赵自鸣与何无，以及三个符号，彼此都很少话说，但仍会聚在一起。像是永远都偏离的火车头，非要从一条轨道上过，这其中会有人叹气，有人大笑，有人喝酒，有人亢奋。总之，没有人能在集体里表现得平庸。

他们无法放过任何一块空闲的时间，只要能聚在一起。吃火锅和看电影或许是最好的方式了，也是他们负担得起的方式。

看电影的秩序很井然。

赵自鸣坐在第一排，李挪照例坐在最后，何无披着羽绒服坐在了最侧面。他们像是三角形，把大家稳稳地套在一起，彼此从不窃窃私语。

这次的片子是一部法国电影，三个小时，没什么剧情，非常闷。李挪看得很累，只能不断重复穿外套和脱外套的动作。有几个人中途离场去买菜，还有人有约，直接没来看。人比之前少了很多，李挪反而自在了一些。当然赵自鸣也是。这是没工作的日子里，他唯一允许自己不画画的时候。片子放了三十分钟，4、

6、12和赵自鸣都睡着了。李挪决定换一部片子，重新把人吸引过来。

她找了一部新片，时长比较短，故事明朗很多，睡着的几个人终于醒来。当李挪和何无把火锅加好料，摆好菜，房间内终于温柔了。

只是何无仍旧觉得很冷。他穿上羽绒服，坐在火锅面前，还是不停吐气，吐出的还是白气。赵自鸣把火炉抬到何无身边，他终于感觉好了一点，他吐出来的白气很快结成冰，簌簌地砸进锅底里，像是下了一场小冰雹。李挪从来没见过这种小型的冰雹，仿佛是一场室内演习，因为缩小之后，就显得惹人怜爱。不过，冰雹也溅了几滴汤汁在李挪的白色羽绒服上。

随着冰雹数量增多，锅底也开始往上冒寒气，溅到衣服上的油开始变得浓稠，让李挪顿时没有吃东西的欲望。当然，别人也没好到哪儿去。

油水在每个人的羽绒服上很快形成固态颗粒，继而迅速膨胀，力量顽固的一些油体会直接刺穿羽绒服那层外皮，把里面的羽绒炸出来。只十几分钟，赵自鸣就看到一片片柳絮状的绒毛散布在整个房间。何无的羽绒服已经面目全非，很快连里面的秋衣秋裤也不能幸免，他全身衣服都被炸开，皮肤裸露出来，他直挺挺地坐在人群中，比他刚来的时候更局促——方方正正的，像是一架音箱，也像是一个收纳盒。他的身体外面开始结出一层冰，很快将把他包成一团。

当一片片羽绒在每个人头顶上方飘荡，汤汁们则更加奋力地溅上去——它们像是倒贴的伞兵，从低处往高处跳跃，有些失足没跳上去的，则落在了火炉里。刺啦一声，溅起一团腾起的金黄火苗。

这些溅起的火苗舔舐着何无的身体。他身上的冰逐渐融化，身体却涨得通红。赵自鸣想到小时候见过的爆米花机，筒形的炉子底端有一条长长的布袋——像是《西游记》里收妖的宝物。而随着轰一声，所有人都会知道爆米花爆好了。

他这样想着，不禁感到紧张。赵自鸣找来几件厚实的起居服包住何无的身体。几十分钟之后，何无满身大汗醒来。狼藉一片的房间已经被打扫干净，而旁边站着神色肃穆的众人——看到他醒来，他们都松了一口气。

墙上的钟指向七点，城市的夜晚已经来临很久了。

外面的一切感受不到他们的灾难，正如他们待在这片地下也感觉不出白天与黑夜。李挪把自己放倒，身体平躺在床上。她看向天花板的时候，视线是恍惚的，为了让自己入睡，她就盯着一处看。她的眼角因为酸涩流了泪，只能闭上眼睛，沉默地等待自己睡着。

随着何无事故的落幕，一连几周都没有人提起火锅。有人带了外卖米粉到放映室，看完电影，大家就一起呼啦啦吃，但何无是从此不再吃汤里煮的东西了。他的身体逐渐扁平，越来越薄，直挺挺地面对着一干大吃大嚼的面孔。

有时候，从某个侧面看过去，李挪会觉得何无已经是一张纸片。尤其是在镜子里，何无简直是一根有折痕的直线。

这也是正常的。何无在那次事故之后就经常出去游走到深夜。等他从外面回来的时候，大家都已经睡下了。在黑暗里，他时常不能让自己变薄的身体重新圆润起来。毕竟，作为便宜的人群，如果不能按时回家，还赚钱这么少，是不可饶恕的。但他已经无力抵挡自己这样下去。

直到展春园西路上的高音喇叭再次响起。

李娜想起小时候故乡的大街上总是穿梭着这样聒噪的车载广告。

它们依托着各类卡车和面包车，在三线小城里耀武扬威，硬性把各种推销语塞进过往行人的大脑中。而她被父母锁在房间里，不能看电视，只得抬着头望向窗外的各面广告，那是她最初的母语和最初的无聊。

只是此刻，她的听力因为隔着一层地板，像是戴着没有散光的近视镜。感觉远处的字符晃动来晃动去，到处是影子，都落不到实处。是真的，又不敢相信，不是假的，却又担心。

李娜选择出去走走。虽然她已经下班，躺在自己的床上，可她还是跳了下去，穿了一双两个月没洗的拖鞋。

平日里，从公司到住处，再从住处到公司的路线走久了，她会忘记周围的事物，尽管她时常沿着同一条走廊去把画画到废寝忘食的赵自鸣叫回来。但她周围略过的一切事物，还是在她的惯性中迟钝成同一种底色。而现在，她需要唤醒对生活的敏感度。

她像动物一样循着踪迹一直走到高音喇叭底下。声音高亢得像是能把每个人的头盖骨掀翻。李挪看见不远处是赵自鸣的地图画——他终于画“出”了小区，一路画向高音喇叭。而另一边，是何无背对着她的身影。虽然隔着雾霾，她还是能看到他宽大的背，这让他比城市里任何一个男人都安静。

他们三个人，或许更外面的一圈还围着4、6、12，以及各种从点名册上走失的名字。他们散布在城市的四面八方，像片段一样有逻辑却又凌乱，像小点一样发出暗光，但无法连成一片。他们的声音被来往的车辆稀释，此刻凭借这样的高音喇叭才汇聚到了一起。

“太吵了。”赵自鸣首先说起来。

“确实。”李挪附和道。

“还能关掉吗？”赵自鸣继续说。

“应该可以。”

随着何无闷沉沉的回复，李挪看见他背上的行李包已经被拎向了高音喇叭。

以她身高的角度向上看，她感觉电线杆是三个她的高度。而这样高的距离，何无这样一个胖子，居然轻盈地把行李包丢了上去。终于，喇叭闭嘴了。警报声响起。

一时间，随着喇叭的沉默，城市的路灯也开始闪烁不定。

从展春园西路，到更远的灌坑街、朝阳公园、1991号广场。整个城市都暗淡了下来。每一团亮光都闪烁了一阵就彻底黑下来。

车辆在黑暗中开得更为迅疾，已经有远远近近的几声爆炸声依次袭来。很快，停车场方向传来了轰隆的声音。

它们起初是一阵，接着是一些七零八落的回响。

有些车辆在小区附近徘徊，表现非常茫然，还有些人在警报声中匆匆拨打电话，更远处的，是擎着一团焰火的消防车鸣笛开来。这一切虚幻又具象，迅速在赵自鸣眼前展开了。他想到几年前停车场坍塌事件那日就是这样。而这声音赵自鸣也不陌生，城市里的许多人也不陌生。只是这次，他手机没有电了，他没有像上一次一样激动地去报警。不过没关系，即使他不报警，也有人报了。这让他很放心自己此刻的闲散。

何无倒是紧张了一下。他的身体已经是纸片的薄度，必须远离人群才能避免被踩踏。何况现在处处有人擎着打火机，他很怕自己一下子就被点燃了。此刻，他已经躲在高音喇叭所在的电线杆处。身体环抱着电线杆，感到自己很扎实，真正又落了地。

李挪则不介意，她倒喜欢自己再次变薄，可现在不是上班时间，她还需要几个小时才能以便宜人群的姿态走入城市的浪潮中。她心态很平静，做好了继续等待的准备。

和往常不一样，这次断电持续了很久，展春园西路是持续最久的。当李挪从睡梦中醒来，已经是早上七点钟了。黎明早就过了，等待她的是白昼。因为在地下住久了，她很久没有一觉醒来看见外面天色的时候。此刻，她感到非常欣喜，也没在意刷牙洗脸这些细节，就走进上班族的队伍中。

如她所愿，她的身体再次变薄。

恰好今天风大，雾霾小。她的身体飘向半空中时，也看到了何无，只是他还在睡，身体像是平躺在一层风之上。李挪无意叫醒他。赵自鸣站在地下看着他俩飘飘荡荡，面无表情。

没有雾霾是很好的。李挪看见整条展春园西路都布满了赵自鸣的地图画。只是颜料用完了，新的几幅3D图只有浅淡的轮廓，效果弱了很多。

她逐渐上升，手指碰到一些别的符号的身体——他们都曾是点名册上的成员，也因此被她忘记姓名。她渐渐看不清展春园西路，却能清楚感觉到脚下大片大片的人群。

随着对体内一阵电流的体悟，李挪感觉到脚下的人群在亲切地交谈。他们在谈论昨天晚上停车场的那场海市蜃楼，说雾霾被吹到了邻省，已经引起了公愤，说在中央大厦的望远镜里，展春园西路已经被黄沙遮蔽；他们谈论每到夜里，地下会响起迪斯科的声音，那是他们父辈们的声音，却被年轻人的身体发出——

“这些人真土。”有人说。

他们还提起很久之前的停车场坍塌事件，谈论那些掉落在传送梯夹缝中的车辆到底去了哪里。

倒是没什么人关心发电站好了没有。但看这个热闹的样子，倒也不像不好。

只是这样的时刻没有持续太久。

李挪很快飘落在上班的公司楼顶，她灰头土脸地从阳台走到工位，没有人再看向她。大家勤奋地工作，像是打仗一样。

各种纸片铺天盖地，键盘声响彻楼宇，新的一桶饮用水都长草了，还是没有人想要把它装在饮水机上。一时间，办公室所有的绿色植物都在枯死。战神一样带着面罩的年轻人们在电脑上严肃地奋笔疾书。就在这时，她的手机突然响了。

“我找到工作了。”赵自鸣在电话那头说。

这声电话让李挪得到了莫大的解脱，每个人都很忙，意味着没有人在意她今天有没有工作，何况老板的办公室门还锁着。李挪在楼下签到册上写了一条“去总部”，就扬长而去。走出门的时候她看了看表，是早上十点钟。

十点钟已经没有那么堵车了，而且天气不错，车厢内两边的扶手栏上挂着很多人的影子。这些影子以车厢正中间为圆心，往车外尽情发散。

拉长的影子们和马路上的影子们彼此连接，许多个影子压在很多人的身上，形成奇妙的2D效果。它们撒在城市的四面八方，构成真实躯体之外的重影。

李挪在这些影子里看见了4、6、12，还有那些曾经住在地下俱乐部的别的人。他们都穿着厚厚的冬衣，步履不停，只是走过的时候彼此却好像不认识对方一样。李挪想，赵自鸣如果走在这条路上，必然也不会认识她。就像她看见飘在半空中的何无，也不会叫醒他。她又如何知道他不是在装睡呢？

她又如何知道他们每个人不是在装睡呢？

只是此刻这些都不重要，她重视自己这个难得的假期。

她一路小跑穿过半个城市，其间踩在很多个影子的身上，也踩在自己影子的身上，这让她的身体感觉到疼。她在人群中轻叫了一下，很快，很多人也随之轻叫起来。这叫声毫无力度，却宣示了不满。人们终于意识到影子们占据了很多生活空间，纷纷抒发着怨怒。李挪想要穿过他们怒气冲冲的脸，却发现根本不可能，她的身体虽然很薄，但还是穿不过这些身体的缝隙。他们一个两个都像是安排好了，需要在这一刻打起来。每个人都拿着手边的东西奋力去砸，有手机、钱包、高跟鞋、金属发箍。有些皮肤薄的人已经开始惨叫，剩下的一些人在努力收拾残局，但显然已经不可能。

影子们纠缠在一起，逐渐有些黏稠，让很多像李挪一样试图跑过去的，都绊倒了。新的人叠加在旧的人身上，让整块马路更加黏稠——这成为一个恶性循环。

李挪站在人群外围，看着他们像走进沼泽或染缸一样无法分离，逐渐融合。整条街像是晒化的柏油路，李挪自己也快动弹不得。只是她没能郁闷太久。

因为赵自鸣把她托了起来。

确切说，是赵自鸣画的地图把她托了起来。在逐渐上升的过程中，李挪看见这些地图悬浮在半空中，仿佛是一条新的展春园西路。

“其实他们说的也不一定是错的。”赵自鸣说，“可能这就是海市蜃楼。”

他们未能飞升太久，就停落在暂安处小区。这是白天，因此仍旧大门紧闭。通过地下俱乐部的走廊已经撤去了原先的红毯，这让李挪的脚步声清脆了一点。而赵自鸣则继续打着何无的电话。

仍然不通。

“他应该在公司吧。”李挪说。

赵自鸣没有说话。他吃不准此刻的心情，正如他突然把大家叫过来，难道真的是为了庆祝自己找到了工作？还是找个由头把大家聚在一起，坚定地搞一个派对？

只是，他暂时不愿意想这些。他手里提着酒瓶和零食，还有快餐店买的炒菜与卤煮店买的鸭脖。李挪为他分担了一点，他们一起提着，一前一后走在这条走廊上。

今天的走廊格外漫长，走到下半截的时候，赵自鸣还听到了回声。他看到在走廊的尽头，通往他们俱乐部的那个拐角站满了人。他们表情各异，但都憋出了微笑，站在这里，仿佛是为了给个惊喜。

李挪认出那是她的队员，他们每个人都举着牌子，写着自己的号码。每个人都穿着不同颜色的起居服，仿佛是各自号码的专属颜色代言。不过这些细节，李挪此刻觉得不重要了。

赵自鸣有些诧异，他没有叫他们来。但人多总不是件坏事，何况此刻他们每个人都需要聚会。

赵自鸣把酒打开，围在桌子上摆成一个圆圈，然后自己坐在另一张桌子上。

李挪则再次选择了她喜欢的沙发。

剩下的人，4、6、12，或者别的号码们，也找到了自己适合与熟悉的方式。

“真好啊。”所有人异口同声起来。

“倒是挺好的呢。”李挪认真接着他们的话茬说。

另一边的赵自鸣则开始自饮起来。李挪看不下去，打开了其中一包薯片，撒向众人。人群开始欢腾。气氛一起来，每个人都开始大声交谈、喝酒、重新认识。他们的对话无非这几样，你是谁，我是谁，最近做了什么。李挪觉得他们有些陌生。不过陌生是正确的，不然她怎么会不记得他们叫什么名字？

随着三瓶百威啤酒下肚，李挪感觉到一丝喝酒的味道。真难喝啊，她心想。接着，打开了一瓶嘉士伯，好像也不是很好喝。

作为派对主办方的她和赵自鸣，此刻都不再说话，安安静静等着何无到来。可他似乎是不会来了。李挪打过去的电话从忙音变成了无人接听，赵自鸣的也是。他俩面对面坐着，觉得不该这样，却无能为力。

李挪打开了音响开始放音乐，有人开始在屋子中央跳起舞来。赵自鸣瞅了一眼道：“非常傻，居然穿着雪地靴跳舞。”

“确实傻。”李挪附和道。

但他们这一唱一和突然就激起了大家的不满，他们纷纷把酒瓶砸向他俩，这让他俩兴奋了一点。

倒是有点聚会的意思了，李挪想。接着，她把自己喝完的酒瓶砸向人群。

房间越来越乱，他们却都不想结束。赵自鸣则打开了通往外面走廊的门。高音喇叭的叫唤在这时又响了起来。只是这次没有那么多的推销广告，重新变成严肃的新闻。

新闻让整个城市肃穆了起来，不管它说的是真是假，还是能形成震慑的威力。正如在微醺感中，李挪从兴奋的喋喋不休回归到安静的状态，此刻目光直勾勾望着走廊尽处。

那里是她惯常走出地下俱乐部的路，也是她进来的路。虽然有另一条路通向外面，但她不会选择，她还是习惯了这条最开始的路。她换着各种姿势凝视着那个出口或者入口，有时候躺着，有时候坐着，有时候还蹲着。她感觉有人从入口进来，又有人从出口出去，反正都是同一个口，大家的选择却不同。

而她自己则走在展春园路上，就像一个人一样走在这条路上，就像一个人的队伍一样走在这条路上。她知道赵自鸣和何无也是一样。他们像一条队伍一样走在这条路上。

但是，有人在背后放起电影，随着大屏幕打开，李挪意识到身后已经一个人都没有。他们层层叠叠，像塔罗牌一样倒在她的身后，而她自己也倒在那堆牌里。牌是个好东西，能获得欢乐，还能让每个符号找到自己的位置，跳进去，就像回到了家。

可惜，他们这些人，形成一副牌之后还是很聒噪。

有人在里面谈论曾经，说："在城市里的出租车都是桑塔纳的时候，它们都曾像塔罗牌一样倒下，而在这一排车的尽头，是一辆红色的保时捷。而保时捷的背后，就是城市新的地图。"

“新的地图。”

当李挪在内心重复这几个字，整座地下俱乐部都发出轰隆隆的回响。隔断板们开始沉甸甸下坠，成为一面地板。而他们的放映机零件破碎，此刻也已经分解，铺平在路上。李挪不知道何无是不是还在走向她，但这已经不重要了。他们都是盟军，他们都是一个人，他们都是城市里的符号——虽然还有名字。他们三个人——李挪、赵自鸣、何无，走在展春园路上。有人为他们排好位置。他们将一路从东头走向西头。

后记：寻找地图的人

一直都觉得，人总会面临“如何置放自己”的问题。但比这个问题更困扰人的，或者更具诱惑力的，是“如何寻找一张自己的地图”。这张“地图”，除让人知道自己此刻所处位置，更说明自己从何处来，可能往何处去。对于那些早早离开故乡的人，这张“地图”比原乡更能代表“故乡”。需要不断适应新的环境，甚至适应在新的环境中急剧变化的自己，这说起来简单，实则艰辛。

写作的头三年，作为一个自负的少年人，曾非常想出一本自己的书。然而，等到终于有机会出一本自己的书时，那时候想收进来的小说，一篇都没有收。本书目前收录的小说，多为近两年所写。几年的写作，满意的作品不多，想想也是惭愧。

和很多精神生活逐渐成熟之后才开始写作的人不一样，我的写作开始较早。对我来说，写作就是成长，写作就是生活。甚至很多时候，要表达的内容会促使自己不得不在某个阶段快速成长，我因而觉得写作很多时候是在挑战自己。那些生活中不能解决的精神问题，必然会在写作中体现。在某一段时间，这让我觉得自己过早写作是不对的，甚至应该停掉写作，去做别的。然，也就这么一路磕磕碰碰写下来了。只能不断督促自己洗掉年轻的戾气，将能量置放在更适合它的位置。我想，这是写作好的地方，只要继续写，就不得不要求自己成为更好的人。这里的“更好”无关某种道德的准则，它更像是发自内心的纯净——生活就是不断提纯的过程。近、远，以及一切复杂的心绪都融于此，且不断上升、追赶。人在这个过程中，准确认识“我”，认识“他”，到人群中去。不管是写怎样的外物，即使使用变形和魔幻的手法，也难掩文本背后的自己。

因从小学画画，也背负着父母的期望，最初的志向是成为画家。可美术学校频繁的考试和考核让当时的我觉得紧张、局促，某次考试的失利甚至会迅速波及之后的学习生活，成为恶性循环。有时候我会想，如果那时候自己能成熟一些，能够调节考试和绘画本身的关系，或者在一个其他艺术门类的学校学习，现在可能还会以绘画为唯一的志业。可这一切不能预测。那段时日，写作给了我一个通道，我通过书写，得以修复自己，从躲避的世界折回现实世界。尽管我知道，这个回到日常位置的我，和那个之前的我，已经不同。

也因早早离家住读，在最初的几年写作中，我总是热衷书写关于故乡的小说。尽管这种书写更像安慰——通过不断回到童年来安抚自己。小时候记忆最深的，是五岁那年家庭变故，所有的亲戚聚集在院子里，我骑着儿童车，在大人们的腿之间转来转去。我不知道他们在说些什么，但感觉气氛不同寻常。这几乎构成其后几年的一个基调，那些我不明白的人情世故，被处理成小说中魔幻的镜头，带着恐惧和切实的痛感，让我不断回望。可这样的写作本身不是反省所得，它能起到的抚慰作用十分有限。我自己也逐渐因为看到更多东西，不再使用变形和不断的转折去叙述，更愿意直接进入事物的核心。可这条路，比之前更为艰辛。我开始直面那些少年时代，甚至童年，所未能得到解决的问题——与这些问题相伴的，还有新的问题。为此，我不得不调整自己和外界的关系——曾经我认为生活在朝我伸利爪，可渐渐地我知道，那利爪其实是我自己。

这本书，于我而言，更像自己“寻找地图之旅”的记录。只不过，时间顺序被打散。那些最初的魔幻叙事，更像一个个伴灵——不是被新的自我推翻，而是被重新理解、收纳。感谢父母，感谢这本书的策划编辑张其鑫，感谢李敬泽老师的推荐语，感谢在几年的写作中给予过我鼓励和批评的师友。很多名字不一一列出，但都铭记心间。期待这本书能让一些人看到一个新的世界——这个世界或许不是最好的，但如果它能成为一些人进入更好世界的梯子，我已心满意足。

王苏辛

2016年8月于上海

图书在版编目（CIP）数据

白夜照相馆 / 王苏辛著. —北京：北京联合出版公司，2016.12（2017.5重印）

ISBN 978-7-5502-9258-1

Ⅰ. ①白…　Ⅱ. ①王…　Ⅲ. ①短篇小说—小说集—中国—当代　Ⅳ. ①I247.7

中国版本图书馆CIP数据核字（2016）第277590号

白夜照相馆

作　　者：王苏辛
责任编辑：崔保华
产品经理：张其鑫
特约编辑：程彦卿

北京联合出版公司出版
（北京市西城区德外大街83号楼9层　　100088）
北京联合天畅发行公司发行
北京中印联印务有限公司印刷　　新华书店经销
字数：139千字　　880mm×1230mm　1/32　　印张：7
2016年12月第1版　　2017年5月第3次印刷
ISBN 978-7-5502-9258-1
定价：38.00元